マスカレード

假面前夜

イブ

〔日〕东野圭吾 著

宋扬 译

南海出版公司

新经典文化股份有限公司
www.readinglife.com
出　品

假面前夜

目 录

戴着面具的人们 / 1

新人登场 / 41

假面与蒙面 / 87

假面之夜 / 133

番外篇 / 239

戴着面具的人们

1

过了下午六点，前台的客人渐渐多了起来。基本上都是商务人士打扮的男性。按照大堂经理的说法，这个时间段来办理入住的客人大体上心情不错，表情都很轻松。因为如果商谈或者销售工作进行得不顺利，是不会在这个时间来饭店的。

山岸尚美一边观察着鱼贯而入的客人的脸，一边想，也许经理说的有几分道理，他们的模样胸有成竹，不像那些深夜办理入住的客人，除了疲惫以外，还散发着一种焦躁的情绪。每当这种时候，尚美都衷心希望，心情焦躁的客人至少能在入住饭店期间放松地休息。

这时，一位女士向前台走了过来。她大概二十六七岁，长长的头发烫着大波浪，面容姣好。灰色的连衣裙十分合身，勾勒出曼妙的身材。尚美记得曾在FOXEY的橱窗里见过这件衣服。她手上的提包，应该是普拉达。

女客人自称"西村"。

尚美迅速在电子屏幕上确认，很快就从预约名单里找到了这位女士的名字。

"您是西村美枝子小姐吧？"

"对。"

"恭候多时了，您预定了豪华双人房，入住一晚，对吗？"

"嗯。"西村美枝子有些爱搭不理地答道。

"请在这里填写您的姓名和联系方式。"

尚美把住宿登记表递给了西村美枝子，并在她填写表格期间在电子屏幕上查询合适的房间。这位女士预约了一间可以吸烟的豪华双人房，尚美大致看了一遍房间的分布情况，选择了1105号房间。

"好了。"女士的声音响起。

尚美瞥了一眼住宿登记表，确认无误后问道："请问您用现金还是信用卡？"

"现金。"女士边说边从普拉达的手提包里拿出了钱包，好像是香奈儿的。

"用现金需要收取押金，一共是七万日元，当然在您退房结账的时候会……"

这位女士微微抬手，示意尚美不必继续说了，然后默默地从钱包里拿出七张一万日元的纸币，放在小托盘上。她的指甲是淡粉色的，指尖还画了金色的线条。

"那就收您七万日元。"

收取押金之后，尚美又让这位女士填写押金保管证明。女士不情愿地拿起圆珠笔写了起来。脸上分明写着"不过就是住一个晚上，没完没了的真麻烦"。

确认过押金保管证明后，尚美拿出了房卡："为您预定了1105号房间，现在就带您过去。"

尚美正准备叫客房服务生时，女士却抬了抬手："不用了"。

"这样啊，那请您拿好房卡，慢走。"

接过房卡后，这位女上轻车熟路地径直走向了电梯间。看着她的背影，尚美长舒了口气。

松弛下来后尚美才感觉背后有人注视着自己，回头一看，原来是大堂经理久我前辈，他冲着尚美露出了沉稳的笑容。

"看来你已经完全熟悉了业务，接待程序上没有任何不妥，不过表情有些僵硬。"

"是吗？"尚美说着，不由自主地伸手去摸自己的脸颊。

"昨天我就注意到了，你好像一面对年轻的女性客人就会有些紧张。"

"我觉得没有特别在意啊……"

"可能还是抑制不住好奇心吧，你肯定在想，这样一位年轻女性为什么独自入住市中心的饭店呢？抱着这样的疑问，就不由自主地开始观察客人。"

一语中的，特别是当客人与自己年龄相仿时，尚美的想象力就无法停止，她会仔细观察客人的服饰以及随身物品——尚美确有这样的癖好。

"我之前应该也跟你说过，来我们饭店的客人都是戴着面具的，一个叫作'客人'的面具，绝不要试图揭开面具。"

"我一定会注意的。"尚美说着，微微低下了头。

久我苦笑着，用力拍了拍尚美的肩膀，走开了。

尚美偷偷地皱了皱鼻子，用指尖揉着太阳穴。这份工作果然不简单啊，当初选择这个职业，是为了能帮助他人，没想到被告知不能对客人有过多兴趣……

尚美已经在东京柯尔特西亚饭店工作四年多了，但被分配到一直憧憬的前台接待处还是上个月的事情。从退房业务做起，基本上只有核算费用与结账，对新人来说不是太难的工作。

即便如此，尚美还是犯了不少错误。记得有一次，有一对看似父女的客人正在办理退房手续，因为女客人一直在看迪士尼乐园的宣传手册，尚美就想当然地对男客人说："一会儿您要和令嫒去迪士尼乐园吗？真好呀。"女客人可能听到了尚美的话，噗的一声笑了出来，男客人则不高兴地板着脸，什么都没说。这时尚美才意识到自己说错话了，两人可能是年龄差距比较大的恋人。一时之间也不知说什么来圆场，只好在尴尬的气氛中办完了退房手续。到最后尚美也没能恢复自如的笑容，甚至在送客人离开时都没能说出"请您走好"。

还有一次，尚美读出了客人结账时的金额，结果被训斥道："不想让别人知道结账的金额，注意点！"原来结账的男士使用了折扣很大的优惠券，而并没有告诉随行的女士。这一点，久我前辈事后再次提醒了尚美。

虽然经历了许多小插曲，尚美还是渐渐上手了，从上周开始她被调到办理入住的岗位。新的工作与退房业务相比，难度要大很多，劳心费神。客人们的要求千差万别，有的客人还会提出一些无理的要求，尽管如此，作为一个专业的前台接待员，也必须避免冲突，随机应变地应对各种情况。对于饭店从业者来说，"做不到"就是禁语。

每次发生工作失误时，尚美总在想："我什么时候才能成为一名专业的饭店从业者呢？这一天到底会来到吗？"

刚过晚上八点，饭店大堂里又来了一组客人，他们一行三人，全部为男性，只有一个人穿着西装，另外两人都是休闲打扮，身材健硕。其中一位特别高大，看清楚他的脸之后，尚美不禁紧张起来。他应该是两年多之前退役的前职业棒球手大山将弘，现在主要参加一些综艺活动和棒球比赛的解说工作。连对棒球一知半解的尚美都认识他，过去应该是明星选手吧。

仔细端详之下，两位健硕男士中的另一位看着也很眼熟，应该也是退役的棒球选手。名字叫不上来，但作为大山将弘的跟班小弟经常出现在电视上。据说这个人做职业棒球手时虽然没有干出什么成绩，谈吐却很风趣幽默。

饭店服务生推着行李车站在三人身后，车上装满了行李箱，看来这三人要去国外旅行。可能打算在这里住一晚，明天就直奔成田机场了。从这个饭店去机场十分方便，隔壁就是等候机场专用巴士的站点。不过大山将弘这样身份的一行人，应该会包车或者坐出租车去吧。

他们三人中唯一一位穿着西装的男士小跑着向前台方向过来。"我是宫原。"

尚美看向电子屏幕。宫原，曾经多么熟悉的名字。

尚美一边想一边确认电子屏幕上的预约名单，发现宫原隆司这个名字时，她吓了一跳，竟然连名字都一模一样。尚美本能地抬起头，看着男客人的脸，不由自主地啊了一声。

这下引起了男人的注意，他看清尚美的脸之后也惊讶得瞪大了眼，嘴巴半张着。接着他将视线转移到了尚美的左胸上，他在看她的名牌。视线再次回到尚美的脸上，男人好像不相信自己的眼睛似的，不停地眨眼，过了好一会儿，才稍稍放松下来。"原来你在这里工作啊，吓了我一跳。"

"好久不见。"尚美微微鞠躬。遇到熟人时的应对方法，尚美是接受过饭店培训的。原则上要最大限度减少私人谈话。但是，不论对方是谁，此时都是客人，这就需要接待员对各种复杂情况随机应变了。

"我想起来了，你以前说过，你的梦想就是能在饭店工作。"

尚美微笑着点点头，开始确认电子屏幕上的预约信息。

"您预订了一间套房，一间豪华双人房，还有一个单人房，只有单人房是禁烟的。以上信息请您核实是否有误。"

"嗯，没错。"

尚美拿出了三张住宿登记表摆放在前台上，并告知男人需要填写姓名和联系方式等信息。

"全部都由我来写可以吗？"

"最好还是由本人填写吧。"

"知道了。"男人边说边朝另外两个人走过去。另外两位正聊得热火朝天，不时发出笑声。宫原过去对他们说了什么后，大山脸上的笑容消失了。"这种事情你去做不就好了！"尚美耳边传来了大山粗犷的大阪腔。

宫原快速回到前台。"不好意思，还是都由我来写吧。"

"好的，知道了。"

趁着宫原填写住宿登记表,尚美根据预约信息选好了房间。这时，尚美注意到宫原工作的公司名称是大山演出制作公司——好像是大山的经纪公司。

尚美用余光偷偷看了看宫原，他好像比以前胖了一些。棱角分明的下巴线条圆润了起来，原本还算立体的五官也变得柔和了。左手上没有戴戒指。

"这样可以了吗？"宫原问道。

尚美确认了一下三张住宿登记表，住套房的是大山，宫原住单人房，另一个人住豪华双人房。看着宫原那熟悉的笔迹，尚美的心头千头万绪。

"可以了。"尚美说着把三个装着房卡的信封逐个摆在前台上。说明了房间号后，尚美叫来服务生，并把三张房卡一起交给了他。

"那请您好好休息。"尚美说着向宫原恭敬地鞠了个躬。

"嗯。"宫原点了点头，转身准备离开，忽然又折了回来，把身体探过来，小声问道："你几点下班？"

十点——尚美几乎就要脱口而出，话到嘴边又生生咽了回去。

尚美换了一种饭店从业者职业式的腔调，用公事公办的口吻答道："如果您需要帮忙，可以随时与我们联系，会有专业人员二十四小时为您服务。"说这句话时当然还配上了职业式的微笑。

宫原一瞬间仿佛很失落，但他很快回过神来，笑着点点头："知道了。"

尚美目送宫原和其他三人走向了电梯间，一转头，和旁边的久我目光相遇了。前辈微微点了点头，好像在说"这样做就可以"。看来他已经听到了尚美和宫原全部的谈话，想到这里，尚美不好意思地低下了头。

2

宫原隆司是尚美大学时期的前辈。当时尚美刚从老家来东京上学，急切地想在新的环境里建立自己的人际关系网，一入学就参加了多个学校的社团，宫原隆司就是她在电影研究学会里认识的前辈。宫原比尚美大四岁，因为复读了一年，所以认识尚美时他刚刚大四。

两人的第一次见面是在欢迎新生的联谊会上，每个新生被要求说出自己喜爱的几部电影。尚美当时说了三部电影，其中一部叫作《大饭店》。尚美在入学之前借了这部电影的DVD，看过之后被其精彩的内容感动了，特意买下了一张作为留念。

迎新会过半的时候，宫原坐到了尚美的旁边，他一边帮尚美倒啤酒一边说他很高兴她举了这部电影。

"这是一部获得过奥斯卡金像奖的电影，在我们社团里却没几个人看过。虽然是老旧的黑白片，但堪称饭店题材影片鼻祖的经典之作。你最喜欢电影中的哪个人物？我是最喜欢由约翰·巴里摩尔饰演的阴险男爵。能把那么肤浅的人物形象表现得淋漓尽致，真的很厉害，你不觉得吗？"

"确实如此。"尚美表示赞同后接着说道，"但是我没有特别喜欢哪一个人物形象，在我看来，那部电影里的每个人物设定都有其个性，都有其存在的深意。这部电影最吸引我的是日复一日、一成不变地接纳光怪陆离的人生百态的大饭店，甚至让我对大饭店有一种莫名的憧憬。"

现在回想起来，当时尚美说出的这番评论有些初生牛犊不怕虎的意味，但八年过去了，尚美当初的想法却丝毫没有改变。

不知道宫原当时有没有觉得这个大一女生的话有些嚣张，但他应该觉得很有意思。两个人接下来又就这部电影展开了深刻而热烈的讨论。宫原看样子也是真心喜欢这部电影。

打从那次之后，尚美和宫原的感情迅速升温。虽然这个社团叫电影研究学会，但实际上经常举行一些联谊活动，有时讨论些电影相关话题，有时只是喝喝酒，聊聊天，尚美和宫原却不同。他们看各种各样的电影，然后花好几个小时聊电影。这样的交往使两个人很快变成了恋人，宫原毕业后，两人也继续交往着。

宫原这个人，性格并不强势，甚至有些懦弱。印象中，他为了顾及他人的感受，宁可自己受委屈。但在尚美看来，宫原在温柔体贴和照顾人方面是数一数二的。在电影院看电影时，宫原总是缩着脖子坐，因为他个子高，怕挡住后面观众的视线。相反，如果尚美前面坐着个高个子，宫原一定会和尚美换座位。这样宫原不就被挡住看不到了吗，每当尚美这样担心时，他却总是说"没关系，如果我漏掉了哪些内容，电影结束后小美告诉我就好"，还不忘加上一句安慰的话"所以小美你要连我的份儿一起好好看"。

宫原的体贴入微在其他方面也有所体现。比如说，每次去电影院时他都会提着一个大包，尚美知道里面装着一条盖腿的毯子，大概是怕电影院没有提供，以备不时之需的。当然，这不是为他自己，而是为尚美准备的。

宫原就职于一家规模不小的建筑型企业，具体的工作内容尚美并不了解。从他的话中推测，应该还没有独当一面。"就是跟着前辈瞎转。"——他这么说过。但从宫原说起工作时那充满希望的眼神中，尚美知道他觉得这份工作很有意义。有这样一位上进的恋人，也让尚美觉得很踏实。

但是好景不长，宫原就职的公司倒闭了。这件事对宫原的打击很大，每次跟尚美见面时都失魂落魄地念叨着"真是不知道为什么"。

失业的宫原，很快就没有余力享受和尚美的约会了。来自宫原的联络几乎中断了，而在这种情况下，尚美也不好意思主动联络宫原。

在两人中断联络的三周以后，宫原打来了电话，说希望和尚美见个面。尚美抱着某种预感来到了约定的见面地点。

看到宫原轻松的表情，尚美一瞬间觉得自己的预感错了。但宫原一开口，还是验证了尚美的预感，宫原想分手。

"我们暂时分开一段时间吧。"宫原说道，"我要去大阪工作了，还是建筑型公司，这次应该没问题。"

宫原本来就是京都人，在关西发展更能如鱼得水吧。

"其实也考虑过异地恋，但我现在只想专心工作，脑子里暂时放不下其他的事情，对于单方面做出的分手决定真的很抱歉。"

"对不起。"宫原低头道歉。

看着这样的宫原，尚美心想：真是个老实人，甚至有些实在过头了。如果因为喜欢上了其他女孩提出分手还可以理解，现在只是因为要去外地工作，一般人都会暂时保持恋人关系，等到了新的城市再根据情况决定下一步怎么做。但在宫原的世界里，是不能容许这种不清不楚的关系的吧。

"好吧，我知道了。你要好好工作，多注意身体。"尚美说道。

"谢谢你。"宫原说。

尚美在高中时期也交过男朋友，但交往时间两年以上的，宫原还是第一个。虽说还喜欢着宫原，但握手道别时，不知为何尚美并不难过。相反，她更担心宫原今后的工作和生活。

两人分手后，通过短信联系过几次。从宫原的短信内容看，应该已经进入了新的公司努力工作着。到尚美快毕业时，这样的联系也中断了。当时尚美忙于毕业找工作，对这件事也没有太放在心上。

宫原现在就职的公司名称浮现在尚美的脑海中，对，应该叫大山演出制作公司。

按照宫原以前的说法，他不是应该在大阪的建筑公司工作吗，为什么做起了退役职业棒球手的经纪人了呢？

把尚美从无尽的回想中拉回现实世界的是电话铃声，可能因为尚美的反应慢了些，久我前辈已经抢先一步接起了电话。电话铃声响起三声之内必须接起电话，是饭店的内部规定。

"好的，转接过来吧。"久我一边说一边开始确认屏幕上的信息。看样子应该是预约当日的房间。一般在接到预约当天房间的电话时，接线员不会把电话转给预约科，而是直接转给前台。

"您久等了！您是要预约今天晚上的房间对吧。您是一个人吗……哦，两个人……好的，我知道了。您稍等，我确认一下。"久我一边敲着键盘，一边瞟着屏幕，然后用余光瞄了尚美一眼。哎呀，尚美心里一惊，因为久我的眼神中闪烁着鲜见的狡黠目光。

久我再次接起了电话："让您久等了。今天双人房和豪华双人房都已经订满了，现在只有套房规格以上的房间了……我知道了，这样的话……啊，不好意思，套房也没有了，只有总统套房现在还可以预订。"

尚美吃惊地将目光转向显示屏，别说套房了，连豪华双人房和双人房都还有少量空房。在这家饭店里，总统套房可是仅次于皇家套房的高价房间，仅住宿一晚就要十八万日元呢。

但是电话另一端的客人似乎接受了这个现实，因为久我说着说着忽然提高了音调。

"明白了，那今晚就为您预备一间总统套房，下面确认一下您的姓名……好的，您姓鸭田，冒昧请问您的名字是？"

久我记下了这位客人的姓名、联系方式、预计到达时间，甚至信用卡卡号，大概是为了防止客人临时取消预约吧。

"那么，我们恭候您的光临。"久我说着挂断了电话，朝着尚美眨了眨一只眼，得意地说道："赌赢啦！"

"真是把客人耍得不轻呢，你就不担心客人因为房间价格太贵而放弃吗？"尚美说。

"所以说就像赌博一样啊，我听这位客人的语气，忽然就想到了这一招。他好像无论如何都想要住下来。我想他应该是和一位女士一起，发生了一些事情急需住宿，正为找不到饭店发愁呢。"

"所以你就借此机会推荐了总统套房啊。"尚美望着久我，轻轻摇了摇头，"真能趁人之危啊。"

"我仅用了五分钟就创造出十八万日元的销售额哦。"久我指着自己的手表开心地笑着。

看着眼前的一幕，尚美心想：在饭店里不仅仅客人戴着面具，饭店工作人员其实也戴着面具，把他们的面具揭开后，会出现一张张商人的面孔。

3

　　这一天，尚美应该在十点下班。不过，她还要和值夜班的同事交接工作，不可能十点钟准时下班。而且，尚美作为前台接待员还是个新手，有许多工作需要处理。

　　与东京柯尔特西亚饭店相隔一条马路的地方设立着饭店的别馆。公司大部分行政部门都被安排在这里。尚美结束了前台的工作后，衣服都没换，就径直奔向别馆的办公室，把一天的工作内容记录到电脑中。这并不是上司安排的工作，而是尚美自己想做的。因为她要抓紧一切时间追赶前辈们的脚步，不想成为别人的累赘，出于这样的目的，尚美做了很多努力。

　　这个星期尚美上的是晚班，因此明天下午四点上班就可以了。回家的路上顺便去常光顾的便利店里买些吃的，尚美盘算着。老家的妈妈老是唠叨："你要尽量自己做饭，不要总是在外面吃或者吃便当，长期下去营养不均衡，对身体不好。"但尚美现在哪有精力顾及那么多，只想回到家里先冲个热水澡，然后用便利店的便当填饱肚子，赶快睡觉。对于目前的尚美来说，睡眠才是最好的营养补给。

　　手头的工作终于告一段落，尚美正想起身换衣服回家时，上衣口袋里的手机响了起来。

这个时间会是谁呢？尚美纳闷地掏出电话，看到来电显示后身体一下子僵住了，手机的液晶屏幕上出现了宫原隆司的名字。

犹豫了一会儿，尚美还是接起了电话。"你好。"

"啊，小美。是我，隆司。"

尚美心里一阵不悦。"什么小美，叫得好像很亲热似的"——话到嘴边还是忍住了。"是宫原先生啊。"尚美彬彬有礼地应对。

"太好了，你的电话号码没变。"

经宫原这么一说尚美才发现，从高中开始她一直使用同一个号码，宫原也一样吧，所以来电显示上才能出现他的名字。

"请问有什么事吗？如果需要本饭店帮忙请联系前台……"尚美客套地询问。

"大事不好了。"宫原打断了尚美的话，"我需要你的帮助。"

尚美几乎就要脱口而出"欸，怎么了"，最后还是忍住了冲动，换了种语气："那么，请问到底发生了什么事？"

"电话里说不清楚，能到我的房间来一趟吗？"

"去你的房间？可是我现在已经下班了，要不然找其他人……"

"那就完蛋了。"宫原的声音里满是迫切，"这件事只有你能帮我，如果谁都行的话我就直接给前台打电话了，我知道这是件麻烦事才来找你的，你可是我的救命稻草啊。"

尚美听到这里，本想回敬他一句"什么稻草啊"，可最终还是忍住了。平静了一下后，她试探道："可我已经下班了，恐怕也帮不上你什么忙。"

宫原有些被逼急了，说道："你怎么还不明白？尚美你一定能够帮上忙。不管怎样你先过来吧。在饭店里，只要客人的要求不触犯法律，你们工作人员不是不能拒绝的吗？以前你可是这样说过的！"

宫原说的话让尚美无法反驳，她以前确实说过这样的话，而且这也是作为饭店从业者绝对要遵守的规则。

　　尚美把电话拿开，长长地叹了口气，又把电话拿回耳边，无奈地说："知道了，我现在就过去。"

　　听完尚美的话，电话那头的宫原着实松了口气。

　　"谢谢你啦，真是感激不尽。"

　　"先不用急着感谢我，还不知道能不能帮上忙呢，把房间号告诉我。"

　　"只要你能过来跟我聊聊，帮我分析分析就行了。我在 1105 号房间。"

　　"1105 号。"尚美边重复着，边用圆珠笔在自己的左手手背上记了下来。看着这个房间号，尚美忽然觉得哪里不对劲，问道："是这个房间吗？我怎么记得你的房间在其他楼层。"

　　电话那头的宫原倒吸了一口气。

　　"尚美果然厉害，这不是我的房间。"

　　"那是谁的房间？"

　　"这个，只要你想查不是马上就能查到吗？"

　　"那倒是。"

　　"总之我等着你过来，还有，你不要跟任何人说起这件事，包括你的上司和同事。"

　　"这可让我为难了，我得根据内容决定要不要向上司汇报。"

　　"请你一定保守秘密，这是我一辈子仅此一次的请求。"

　　"一辈子仅此一次的请求"，尚美回想起很久以前曾经听过同样的话。

　　那是一次约会后，宫原送尚美回家。在尚美的公寓楼下，宫原说了同样的话，请求跟尚美一起上楼。也就是在那一天，两个人第一次发生了关系。

这时尚美真想说，你一辈子仅此一次的请求不是已经在那时答应你了吗？

"知道了，不管怎样，我先过去吧。"

"谢谢你，真的谢谢你，那我等你。"说着宫原挂断了电话。

尚美皱了皱眉头，拿起外套。到底发生了什么事呢？虽然不想被卷入麻烦之中，但她终究抑制不住想要一探究竟的好奇心。

她回到前台，值夜班的同事看到她后一脸诧异。

"山岸，你怎么还在这里，出什么事了？"询问尚美的是正好比她年长十岁的前辈。

"没什么事，就是有些东西要交给客人。"尚美边说着边在屏幕上查询1105号房间的客人信息。看到"西村美枝子"的名字后，那个女人的形象在尚美脑海里浮现了出来：身穿FOXEY洋装的高挑美女。

宫原为什么在那位女士的房间里呢，尚美有一种不祥的预感，而且这个预感八九不离十。

果然还是应该拒绝的，可是为时已晚，只能硬着头皮上去了。

尚美乘着电梯来到了十一层，穿过走廊，来到1105号房间门前。这是豪华双人房，不是适合单身女性入住的房间类型。

尚美做了个深呼吸，伸手敲了敲门。虽然脸上的肌肉还是很僵硬，尚美仍然努力挤出了笑容。

门开了，宫原从门缝里探出脑袋，眼睛不停地东张西望。

"你终于来了，没人跟着你吧？"

"遵照您的指示。"

"太好了。"宫原打开门。"失礼了。"尚美微微鞠躬进入了房间。首先映入眼帘的是饭店客房服务的小推车，上面放着冷酒器和一瓶香槟。桌子上放着两个香槟酒杯和一份冷餐拼盘。其中一个香槟杯的边缘还沾着口红印，在此情此景下显得特别刺眼。

"到底怎么了……"尚美回头问道，可是在看到宫原时被吓了一跳。原来宫原只穿着浴衣。

尚美皱起了眉头。"你能把衣服穿好吗？"话脱口而出后尚美才发现自己刚才没有使用敬语，忙下意识地捂住了嘴，"刚才失礼了。"

"你还是别对我用接待客人的敬语了，不能好好说话吗？"宫原不耐烦地说着，随后将目光转向了墙角的镜子，"不过，你说得对，我这样确实不好，对不起，我这就去把衣服穿好。"宫原说着，钻进了卫生间。

尚美叹了口气，开始环视屋内的情况。双人床的床单铺得整整齐齐，应该还没有用过。放在床头柜前的椅子的靠背上，搭着一双肉色丝袜。

宫原从卫生间走了出来，穿着西裤和衬衫，西装外套和领带应该还在自己的房间。

宫原挠挠头，嘴里嘟囔着"这下可麻烦了"。

"请问到底发生了什么事？"尚美再次问道。

宫原烦躁不堪地撇着嘴，坐到了床上。

"我不是说过了吗，你不要再用敬语了。你不是已经下班了吗？那就像朋友一样随便点吧。"

尚美长吸了一口气，低头看了看坐在床上的前男友，又调整了一下呼吸。"怎么了？"尚美终于不用敬语了。

"如你所见，就是这样。"

"我就是看到了也不知道是什么情况才问你的啊。"

"那个女人不见了。"宫原苦着一张脸说。

"不见了是什么意思？"

"就是在我洗澡的时候突然消失了。"

"等一下，我们能先整理一下事情的前因后果吗？虽然我不知道发生了什么事，可是你说的女人是谁，是西村美枝子吗？"

"西村？哦，这次是用这个名字登记的啊，反正就是那个女人，住在这个房间的女人。"宫原已经不愿多做解释了。

"那为什么隆司，哦不，宫原你会在她的房间呢？"

"为什么？这个嘛。"宫原缩了缩肩膀说，"因为我们是那种关系。"

尚美顿时感到一阵眩晕，自己的预感果然应验了。

"也就是说，"尚美舔了舔嘴唇，"你和她是可以在豪华双人房里叫客房服务一起喝香槟的关系，当然不仅限于此，你洗完澡后，还会有下文的吧……"尚美的目光看向了双人床。

宫原双手交叉在胸前，不置可否地点了点头。

"那她是你的什么人呢？"

"这个，怎么说好呢。最直白的说法可能就是，她是我的婚外恋对象。"宫原歪着头说。

尚美再次感到一阵眩晕。"你已经结婚了？"

"两年前就结婚了。"宫原有些害羞似的把手放在脖子后面。

尚美怒视着宫原："才结婚两年你就搞起婚外恋？"

"中间发生了许多事情，刚开始只是一时冲动，后来就慢慢变成了长期的关系，真是不好意思。"

"你用不着跟我道歉。"

"嗯。"宫原埋着头，弯着腰把身体缩成一团，就像一只小动物。

"那你为什么把情人带到这里来呢？"

"因为最近没有什么机会见面，我明天又要去国外……"

"你们总是用这种方式见面吗？让她在你入住的饭店另外开一个房间，然后你再来找她？"

"也不完全是，工作原因需要在外面过夜时经常这样见面。"

"那其他人知道吗？你的上司大山知道吗？"

"谁都不知道，大将这个人比较粗枝大叶，对其他人的事情也不太上心。"

宫原口中的大将，就是大山将弘。

尚美双手叉腰，看着坐在床上的宫原。

"然后呢？为什么你的情人会平白无故消失？"

"这个……我也是一头雾水。你也看到了，我们俩刚才还开心地喝着香槟，然后我就进去洗澡了，洗着洗着，她忽然打开了卫生间的门，把头探进来说了一句话。"

"一句话？她说什么了？"

"她说永别了。"

"永别了？"

"她说，和我聊着聊着，发现自己一点都不了解我，像个傻瓜一样。这样再活下去也没什么意思。所以永别了。"宫原茫然地注视着远方，边回想当时的情景边说。说完后，他把目光转向尚美，接着说："她说着就冲了出去。我想追上她，可我当时正在洗澡，等我追到走廊的时候，她已经无影无踪了。"

尚美瞪着宫原："你到底对她说了什么？"

"我没说什么啊。就像我刚才说的，前一刻我们还在一起喝着香槟愉快地聊天呢。"

"这怎么可能呢？什么都没说为什么她会忽然消失？"

"真的不知道，我还想问呢。"

尚美陷入了沉思，走到窗前。窗帘拉开着，窗外的夜景很漂亮。

随后尚美在旁边的沙发上坐下。这在客人面前是极度失礼的行为，可尚美已经不想把眼前的这个男人当成客人来接待了。

尚美又看了一眼床头柜，冷餐拼盘的盘子边上剩下了很多白色奶油。

"你们刚才到底聊了些什么呢？"

"没什么要紧的内容，说了一下各自的近况，我还问她这次我去国外想要什么礼物，大概就是这些。"

"你还是仔细想想，也许你随口一说的话，对她来说却是一种伤害呢。"

"我实在想不出我说了什么不该说的话。而且，现在不是讨论这个问题的时候，当务之急是把她找出来。"宫原焦急万分，腿微微抖动着，"以前发生过好几次了。"

"好几次？什么？"

"嗯……自杀未遂。"

尚美一时被惊得说不出话，过了一会儿才缓过来，问道："真的吗？"

"最开始的时候是割脉，后来是吃安眠药，不过好在最后都没什么事。"

"怎么会到自杀的地步呢？她的动机是什么？"

"这个我也不知道。"宫原无奈地摊开双手，"她好像精神状态不太稳定，不稳定的时候跟她说什么都没用。"

尚美皱起眉头，回味着宫原刚才的话。

"她说活着也没什么意思……啊？如果真是这样，事情就严重了，报警了吗？"

宫原猛地摇了摇头，说道："怎么可能报警呢？"

"为什么？"

"这还用问吗？"

"你是怕在妻子那里暴露你婚外恋的事实？"

"不单纯是这个原因，搞不好的话，还会给大将和整个公司带来麻烦。"

"那解雇你不就不会影响公司形象了？"尚美用冷淡的语气说道。

宫原陷入了沉默，好像很痛苦似的低下了头。

尚美站了起来，走向床头柜。

"你要干什么？"宫原警惕地问道。

"这还用问吗，当然是联系前台了。首先要把事情的来龙去脉告诉夜班经理，再一起商量对策啊。"尚美口中的夜班经理，是客房部夜间的负责人。

就在尚美拿起话筒的同时，宫原飞奔过来，伸手按掉了电话。"你这样做我会很为难。"

"你冷静下来好好想想，这可是关乎人命的事。"

"这个我也知道，所以才请你帮忙。"

"我只是个普通员工，能做什么呢？"

"如果这件事闹大了，饭店的声誉也会受到影响。但如果不说，无论发生什么事情都和饭店无关。你就睁一只眼闭一只眼吧。今天我们见面的事情我也不会跟任何人说起的。"

"也不是饭店受不受影响的问题……"

"拜托了。"宫原的手一直按着电话，深深地低下了头。

尚美转过头去，注意到了旁边的烟灰缸。里面放着两根带白色过滤嘴的烟头。虽然看不出香烟的牌子，但这是女士喜欢吸的细烟。

尚美把目光转向宫原时，他还一直低着头。这时尚美发现在宫原头顶的旋周围竟然夹杂着一些白头发，他才刚刚三十岁呢。

尚美叹了一口气，说道："知道了，我不会告诉任何人。"

宫原低着头，眼睛却仍看着尚美，问道："真的吗？"

"嗯。"

得到了尚美的肯定回答，宫原终于松了一口气，重新坐到了床上。

尚美把话筒放了回去。

"那你是怎么打算的呢？刚才我也说了，这种情况我帮不上什么忙。"

"我想听听你的主意，比如说能找到她的办法什么的。"宫原说。

"给她手机打过电话吗？"

"打过好多次了，好像关机了，直接转去了留言信箱。短信也发了，没有回复。"

尚美摇了摇头重新坐到了沙发上。"你们是在哪里认识的呢？"

宫原不太情愿地说道："北新地的俱乐部。"

"那她本来是陪酒女喽，她是哪里人？"尚美问。

"哪里来着……"宫原思考起来，"不过你问这个干什么？"

"我想看看她对附近是否熟悉，会不会有好朋友住在附近。"

"这个我倒没有听她提起过。"

尚美陷入了思考，一个单身女性离开饭店后会去哪里呢？会不会想换个心情，找个地方喝两杯呢。这样的话可以去附近的人形町，这里离银座也不远。

宫原双手抓着胳膊，坐在床边弓着腰，头也埋得很低，看起来已经疲惫不堪。

"为什么是大山演出制作公司，你不是说在一家建筑相关的公司工作吗？"

宫原抬起头，挤出一丝笑容，挠了挠头说道：

"刚开始确实在建筑公司工作，可是好景不长，公司经营越来越差，我就被裁员了，我本来就是临时合同工。"

"这样啊……"

"我的表姐和大将的妻子是好朋友。大将的妻子又是大山演出制作公司的社长，因为这层关系我才进入这个公司。正好那个时候大将的经纪人兼司机辞职了，他们也在物色合适的人顶替。"

"从建筑公司一下子转型到艺人经纪人了？"

"连我自己也觉得很吃惊啊，从来没想到自己会做这一行。但接手做起来发现这个工作也挺有意思，说不定还更适合我。"

宫原正说得高兴，忽然好像想起了正面临的困境，一下子回到了现实，皱着眉头说："现在可不是闲聊的时候，要快点把她找出来。"

"你明天就出国了？"

"嗯，要去西班牙看足球比赛，电视台的一个节目组策划的活动。早上七点左右就要从饭店出发了。"

尚美看了看手表，时针即将指向凌晨一点。尚美起身站了起来。

"你要去哪里？"

"不是必须要找到她吗，我去想想办法。"

"那我能帮上什么忙呢？"

"你就在这里等吧，说不定她一会儿就自己回来了。"

"说得也是，好吧。"

尚美的一只脚刚踏出门口，忽然注意到床底下有东西在闪光，仔细一看，是一只耳环。尚美把耳环捡了起来，粉色的心形装饰物映入眼帘。应该是西村美枝子掉下的。

尚美本想将耳环放到床头柜上，可转念一想，在床下只发现了一只耳环，那么另一只可能还戴在西村美枝子的耳朵上。如果是这样的话，在寻找目击者时，这只耳环可能会是一条有用的线索。

于是尚美拿出一张纸巾把耳环包起来，放进了自己的上衣口袋。

4

"这个，没见过啊。"一个叫杉下的服务生只瞥了一眼尚美手上的耳环就摇起了头。

尚美刚刚询问了杉下是否见过一个一只耳朵戴着这种耳环的女人。

杉下虽然只是饭店服务生，但是比尚美还早一年进入饭店，在接待客人方面，也比尚美经验丰富。所以尚美自从被分配到前台，遇到事情总喜欢和杉下商量。

"可能穿着灰色的连衣裙，是一个身材苗条的美女。"

"我一直都在这里，没有注意到这样的人。先不说耳环了，这段时间没有年轻女性经过这里。当然了，也可能是我看漏了。"

杉下提到的这里是指大堂经理办公桌的旁边，从那里能一眼看遍整个大堂。从大门口进出的客人也都尽收眼底。

"这个人有什么问题吗？"

"这个……没什么大不了的事情。"

"你今天不是夜班吧，没什么重要事情的话就交给夜班的同事处理吧，你早点回去。"

"好的，我这就回去。"尚美向杉下道了谢，转身离开了。

深夜的大堂里一个人都没有，连酒吧也结束了营业。

尚美站在大堂的角落，望着正门，晃着头心想"真是奇怪"。假设西村美枝子离开饭店，也应该是夜里十一点以后。那个时间段进出的客人已经寥寥无几了。作为一个优秀的服务生，杉下的注意力和观察力都很好，应该不可能会漏掉。

而且，尚美刚刚已经在饭店的电子系统里确认过了，西村美枝子并没有退房。如果她不想返回饭店，应该会先结账，因为她付了不少押金。还是说，她决心自杀，已经不在乎钱了？

尚美一边这样想着一边不经意地把目光投向前台，正好看到刚才交谈过的前辈正在接电话，表情看起来有些严肃。

尚美有些好奇，向前台走去。

这时前辈刚结束通话，把电话放好，一转身注意到了身后的尚美，吃惊得瞪大了双眼。

"你怎么还在这里啊？"

"我忘了点东西，倒是前辈那边发生了什么事？"

"也算不上是什么事，就是住在总统套房的那位客人，叫了许多高额的客房服务，刚才厨房打电话来确认客人的支付能力会不会有问题，我就往信用卡中心打了电话，确认了没有挂失也没有上黑名单，所以就回复厨房说没问题。"

"唉……"

虽然很少发生，但确有其事。客人入住期间，叫客房服务点了大量的高价餐饮，然后把账单算在房费上，结果却不办退房手续直接溜走，作为抵押留下的信用卡也是毫无用处的替代品。这就是典型的吃白食行径。从目前的情况看，这次的客人应该不是。

"交班的时候我听说了，是久我隐瞒了有低价房间的实情才使客人不得不入住总统套房，这也说明这次的客人应该是可信的。"

住在总统套房里的客人办理入住时，尚美也没有太留心。是一位叫作鸭田的朴实的男性。当时是久我办理的入住手续，因此尚美也没有看清客人的脸。

　　尚美看了看预约屏幕，前面显示了那位客人叫客房准备的豪华餐饮菜单。一眼望去，确实都是昂贵的酒和料理，而且在菜单上还注明了一些额外要求。

　　看着菜单，尚美脑海里忽然有一个念头一闪而过。尚美绕到前台后面，通过员工走廊，乘坐电梯来到地下一层，也就是为客房服务准备餐饮的厨房所在地。

　　在厨房和过道中间有一个柜台，柜台旁边站着一位年轻的服务生。年轻人看到尚美后，露出了错愕的神色，问道："发生什么事情了吗？"

　　尚美没有回答，看着柜台，反问道："你一会儿准备去总统套房送餐吗？"

　　"是啊，那位客人真够可以的，这已经是第二瓶香槟了。"年轻的服务生话音刚落，一位年轻的厨师走了过来，把冷却桶放在柜台上，里面放着一瓶香槟。

　　"我有点事想要拜托你。"尚美双手合十在胸前，对年轻的服务生说，"能听听我的请求吗，一辈子仅此一次的请求。"

5

尚美被电话铃声吵醒了，不是设定的闹铃响，而是有人打来了电话。不过尚美隐约有些心理准备。看了一下时间，早晨六点刚过。

尚美接起了电话。

"是我，隆司，吵醒你了吧。"

"嗯，刚睡了一会儿。"

"真是不好意思，不过这下可以放心了。她刚刚回来了。"

"她这一夜去哪儿了？"

"她好像去附近的酒吧喝酒了，现在正在洗澡呢。"

"酒吧啊……原来如此。"

"你好像并不怎么吃惊呢。"

"那倒不是，没顾得上表示呢。这样不是很好吗？"

"真是虚惊一场，不过这下放心了，给你添麻烦了。"

"我也没帮上什么忙，最终也没找到她。"

"但是你肯过来我已经很感激了，谢谢你。"

尚美动了动嘴唇，一时间竟不知如何作答，只说了句"嗯"。

"过一会儿我就要出发了。"

"没事吧，你应该也是一夜没睡吧。"

"没关系，我可以在飞机上睡。你现在在哪里呢？"

"在饭店的办公楼，有休息室。"

"这样啊，真是辛苦了。一会儿有时间见个面聊几句吗？"

尚美陷入了沉默。宫原继续说道："有些事情我想当面说清楚。"

"好吧。我一会儿去饭店大堂。你办完退房手续后，方便的时候再叫我。"

"……多谢了，不会耽误你太多时间的。"

"嗯，一会儿见。"

挂断电话，尚美从狭窄的床上站了起来，在饭店的休息室过夜还是第一次。

尚美洗完脸，犹豫着该穿什么衣服，斗争了一番，结果还是决定穿制服去。简单地化了妆，尚美走出了办公楼。

清晨的饭店大堂，还没有到最繁忙的时间，但客人的身影已经陆陆续续出现了。客人们从电梯间出来，朝前台走去。每当看着客人们的脸，尚美总是会思考同一个问题——他们是否在饭店度过了一段愉快的时光呢？

魁梧的大山将弘终于出现了，跟在他身后的是另一位前职业棒球手和宫原。

宫原小跑着向前台方向过来。在他办理退房手续的时候，大山他们坐在饭店大堂的沙发上聊天，这时有几个人朝大山走了过去，应该是一大家人，当中还有孩子。

他们好像提出了和大山合影的要求。平时给人印象很强硬的大山，对着这家人露出了和善的笑容。看他的口型，应该是爽快地答应了。

这家人变换各种表情拍了许多照片，大山没有表露出丝毫的不耐烦，一直陪着这家人拍照直到他们尽兴为止，最后还答应了他们握手的要求。最后，这家人反复道了谢，带着幸福满足的表情离开了。

宫原办完手续后去与大山会合。他朝尚美的方向瞥了一眼，然后带着另外两个人走出了饭店。他们好像预约了专车，透过玻璃窗尚美看见宫原安排大山他们坐到了车的后座。

然而宫原没有上车，车却开动了。目送车远离之后，宫原又折回了饭店大堂，快速跑到了尚美身边，说道"让你久等了"。

"你不和他们一起走吗？"

"我跟他们说还有一些手续没有办完，让他们等我一会儿。"宫原说着看了一眼旁边的沙发，"我们坐着说吧。"

"你坐吧，我就这样站着说。"

"那我也站着吧。"宫原刚要坐下又站了起来，"真是不好意思，给你添麻烦了。"

"客气话就不用多说了，你说有话要当面说，是什么呢？"

"嗯。"宫原说着低下了头，又像下定了决心似的把头抬了起来。

"实际上，我需要向你道歉。"宫原顿了顿，"我对你说谎了。"

"这样啊。"尚美的嘴唇微微一动，说道，"先让我猜猜吧。"

宫原有些吃惊，脸上出现了谎言被戳穿的神色。

"西村美枝子跟你没有任何关系，她真正的情人是大山将弘。怎么样，我说得对吗？"

宫原惊讶得眼神都有些游离，随后眨了眨眼："你怎么知道？"

"当然知道了，你不要小看我们饭店从业者的洞察力。"

"到底怎么知道的？"

尚美耸了耸肩膀。

"很简单，她的房间不是禁烟室，所以放着烟灰缸，但烟灰缸里的烟头只有一种。你选择的是禁烟的房间，所以吸烟的人不是你。"

"那也可能是西村美枝子吸的啊。"

尚美轻轻摇了摇头，继续说道。

"我不这么认为，你没有注意到香槟杯的边缘沾上了口红印吗？可是烟灰缸里的烟头却没有沾到任何痕迹。这不是很奇怪吗？"

听完尚美的话，宫原吃惊得张大了嘴。看着宫原的表情，尚美笑了出来。

"既然烟不是西村美枝子吸的，那么是谁吸的呢，能够让你心甘情愿背黑锅的人只有一个——大山将弘。"

宫原这次紧紧皱着眉头，不得不承认似的点了点头。

"果然厉害，饭店从业者的目光很敏锐。"

"所以你昨天说的你和西村美枝子之间的故事，实际是大山和她之间的故事对吗？"

"嗯，大概是这样。"

宫原叹了口气，用手搓了搓脸，缓缓地开了口。

西村美枝子的真名叫横田园子，和大山将弘的情人关系大约在三年前开始。园子确实在北新地的一家俱乐部里做女招待，大山大概以每周一次的频率去园子家里与她约会。

但是最近，大山的妻子起了疑心，所以宫原不时要给大山与情人相会打掩护，编造理由，当然这些也是他工作的一部分。

"比如说和熟人吃饭啊，和以前所属球队的人见面啊，总之编造了很多理由。"

"真是不容易呢。"尚美从心底开始同情起宫原来。

"确实不容易，如果两人只是见面两三个小时我还能想些搪塞的借口，可是就怕大将在园子家里过夜。过夜的时候借口更难找，只能说我和大将两个人去蒸桑拿了，然后在店里睡着了一直到天亮。编造这种谎言很痛苦。"

"你去和大山商量，让他别过夜不就行了。"

"已经说过很多次了，他当时都答应了，可还是会时不时地在园子家里住上一夜。园子也不愿意让大将离开。大将在园子面前是不敢用强的。"

"你要跟大将说清楚，如果被妻子发现不就鸡飞蛋打了吗？"

"大将自己也知道这一点，但有时候也没办法。园子已经几次自杀未遂了，大将怕自己离开后园子又会自杀，也不好强行离开。"

"真是件麻烦事啊。"

"可不是吗？可是这次麻烦更大了，大将说什么都要带着园子一起去西班牙。"

"什么？"尚美吃惊得晃了下身子，"园子也要一起去吗？"

"是啊，所以大将又让我想办法蒙混过关。现在暂定的计划是分头出发，然后在目的地会合。"

"既然都想得那么周全了，昨晚入住不同的饭店不是更好吗？"

"我也是这么想的，可是大将觉得好不容易离开了妻子的视线范围，不和情人约会有点浪费。可是没想到昨晚发生了那样的事。"

昨晚十一点左右，大山给宫原打来了电话。让他马上到 1105 号房间，宫原当然知道那里是横田园子的房间。

宫原赶过去后，发现房间里只有大山一个人，心里便觉得有些不妙，随后询问了大山事情的缘由。

大山讲述的情况与昨天宫原对尚美说的内容大致相同。也就是在大山洗澡时，园子突然打开了浴室的门，扔下一句告别的话后就消失了。

"大将说他要出去找园子，可是我不能让他这样做，他太引人注目。于是我就说我会想办法处理的，让大将先回房间了。虽然话说出去了，其实我也没有什么好办法，只好做了最坏的打算，尽可能做了一些准备。"

"最坏的打算？"

"如果她真的自杀了，警察一定会搜查她的房间，并把和她在一起的男人找出来。如果到了那个时候我再出来冒名顶替就晚了，所以在此之前，我就要找到能证明我就是和园子在一起的那个男人的证人。"

"所以你才无论如何都要叫我过来？"

"给你添这么大的麻烦我也很过意不去，可是为了保护大将我实在没有别的办法了。"

尚美皱起了眉头，盯着宫原说道："你这么拼命维护大山，为什么？因为他是你的衣食父母吗？"

本以为宫原会有些生气，没想到他面不改色地说道："这只是部分原因，他毕竟是我宝贵的收入来源。但还有其他的原因，因为他给许多人带来了梦想。你知道他的全垒打给多少人注入勇气，鼓励了多少人吗？虽然他已经退役了，但在许多人的心目中，大将还是英雄。依然有很多人支持着他，我不能破坏这些人的梦想。"

宫原义正词严，他一点也不觉得自己的行为是不光彩的，反而觉得很光荣。

原来如此，尚美心想，也许宫原就很适合这样的生活方式。他愿意牺牲自己来使别人获得幸福，别人幸福了，宫原也会觉得很满足。

尚美回想起两人交往时，宫原在电影院里对自己小声说的话："你要连我的份儿一起好好看。"

"你没有想过让大山了断这段婚外情吗？"

听了尚美的问题，宫原耸了耸肩膀。

"我当然希望他能做个了断，但是我说什么都是没有用的。大将这个人，不会因为别人的忠告而改变自己的生活方式。也正因为他是坚持己见的人，才在棒球上取得了那么优异的成绩吧。现在只能等他自己意识到婚外情对自己的人生没有任何意义了。"

"那在这一天到来之前，你就准备一直包庇他喽？"

"这也是我的工作啊，"宫原说着脸上现出了一丝严肃的神情，"今天的谈话请不要告诉任何人。"

尚美苦笑着说："怎么可能说呢。"

"谢谢，那就拜托了，还有……"宫原注视着尚美，"既然你已经发现了我是大将的替身，为什么没有揭穿呢？"

对于这个问题，尚美有些迟疑该不该回答，含糊其词混过去也可以。但对面的这个人不是别人，是她曾经的恋人，为了让他了解现在的自己，尚美决定对宫原说出那句话。

"作为一个饭店从业者，是不可以试图揭开客人的面具的。"

"面具？"

"即使那个面具很粗糙，掩饰不住本来的面目也不能揭穿。"

宫原开始用疑惑的眼光打量着尚美，过了一会儿，表情才渐渐缓和下来。

"原来如此，尚美对自己的工作很有自豪感呢。"

"嗯，这个当然。"

宫原点头，看了看手表说道："我要走了，大将应该开始不耐烦了。"

尚美一直把宫原送到了饭店大门口。

"请您走好，"尚美调整了身姿后认真地行了个感谢礼，说道，"期待您的下次光临。"

宫原微笑着点点头，走出了饭店大门。

尚美送走宫原后，松了口气。看了看手表，快到早晨七点了。如果现在马上回家，还能睡上三个小时。

尚美刚转身准备回到办公楼，横田园子的身影却出现在了前台，她正准备办理退房手续。尚美停了下来，注视着她。

横田园子办完退房手续，一脸轻松地朝饭店门口走去，应该打算坐机场大巴或者出租车赶往机场吧。

尚美快速走到横田园子的身边，招呼道："客人您好。"

横田园子停下脚步，向尚美投来了讶异的目光。

尚美从自己的上衣口袋里拿出了一张包好的纸巾，在横田园子的面前展开。

"我在走廊里捡到了这个，是您的东西吗？"

纸巾里包着的就是那只落在床下的耳环，看到这个，横田园子的表情缓和了下来。

"对，是我的，我发现耳环丢了，但没有找到。"横田园子用手指挑起了耳环，接着说道，"你说的走廊是？"

"掉在房间的门前了。"

"哦……你看得还真仔细呢。"

尚美接着说："但是，不是在 1105 号房间门口，而是在 2450 号房间——总统套房的门口发现了这只耳环。"

横田园子的脸色忽然显得有些苍白，瞬间又转为潮红。她瞪着尚美的眼神，感觉不到丝毫羞愧，反而有几分愤怒。

"你好像知道些什么呢。"横田园子用冷酷的声音说道。

"没关系的，我没有告诉宫原。"

"宫原……"横田园子诧异地看着尚美，问道，"你跟他是什么关系？"

"我和他以前就认识，所以他拜托我帮忙找寻您的下落。"

"然后呢，你找到我喽？"

尚美迎着横田园子刀子一样尖锐的目光，露出了笑容，说："第二瓶香槟酒，是我送到房间的。"

横田园子瞪大了双眼，脱口而出："这怎么可能……"

"是真的，当时您正站在窗前欣赏窗外的夜景。普拉达手提包放在客厅里的单人沙发上。"

尚美说的都是事实，尚美拜托厨房的服务生让自己代替他去送客房服务的香槟，也因此进入了那间总统套房。在签收单上签字时那位叫鸭田的男性一点都没有怀疑，因为尚美也穿着饭店的制服。

"你怎么知道我在那个房间里呢？"

"其实很简单，在 1105 号房间放着冷餐拼盘的盘子，盘子里面只剩下了一些酸奶油。冷盘里的料理应该是咸饼干上涂着酸奶油，上面再盛上鱼子酱，这是与香槟最搭配的冷餐组合。可是偏偏酸奶油被剩下了，我心里还在想，这位客人的口味可真奇怪。没过多久，2450 号房间也叫了同样的餐点，而且这次，点餐时直接附加了不要酸奶油的要求。我当然会怀疑点餐的是同一个人。再则，并没有人见过像您这样的女性进出过饭店，也就是说，您应该就在饭店的某一个地方。"

横田园子长舒了一口气，看了看自己的手表说："能耽误你五分钟吗？我有些话想对你说。"

"好的。"

两人又回到了刚才宫原和尚美交谈的地方。

"你结婚了吗？"横田园子问尚美。尚美给了否定的回答。

"这样啊，我也没有结婚。但是有想要结婚的对象，那个人不是大山，因为大山已经有妻子了。"

"那个人是鸭田先生，住在总统套房的男性，对吗？"

横田园子点了点头："那个人外表不怎么样，也缺乏男性魅力，但是在互联网相关的事业上取得了巨大成功，年收入过亿。对待女人没有什么经验，什么事情都顺从我的意思，这样的人不是理想的结婚对象吗？"

尚美微微一笑道："关于什么人是理想的结婚对象，每个人的衡量标准是不一样的。"

尚美的话让横田园子有些生气，不过她瞬间又恢复了高高在上的表情继续说道："他最近开始有些怀疑我，怀疑我有其他的男人。这次我说要一个人去西班牙旅行，他好像也不太相信，所以特地从大阪追到了这里。"

"追着你？所以他才急着预约当天的房间吧？"

"就是这么回事，听说那个房间住一晚要十八万日元，你们还真能趁人之危啊。"横田园子撇撇嘴。不愧是俱乐部的女招待，看穿这种小伎俩的眼力还是很厉害的。

"那么你是被他叫到房间里去的，是吗？"尚美问道。

"是的，当时大山正在洗澡，他给我的手机打来电话，当他对我说现在正跟我住在同一个饭店时，我紧张得心脏都要停止跳动了，他让我去他的房间，我找不到任何拒绝的理由。"

"然后呢，你就假装臆病发作离开了房间？"

"我也是被逼无奈，但是转念一想，这一招没准效果还不错。你可能也从宫原那里听说了，我已经自杀未遂好几次了，我希望这次他们也会认为我又想要自杀了。"

看着轻描淡写地叙述自己自杀未遂经历的横田园子，尚美脑海里浮现出了一个念头。

"难道说你过去的自杀都是假装的？"

"当然都是演戏了。要抓住像大山那样的大人物的心，不用点手段是不行的。"横田园子轻松地说完这句话后，脸上的表情又变得严肃起来，继续说道，"但我还是大意了。鸭田说叫客房服务送一瓶香槟的时候，我一时兴起，又点了一次鱼子酱，只是不应该加上不要酸奶油的特殊要求。真没想到会在这个细节上露出马脚。"

"你讨厌酸奶油吗？"

"那倒不是，我点餐时就以为是纯粹的鱼子酱。我只想品尝鱼子酱的味道，所以就把上面的酸奶油拨开了。你去告诉厨师长，提供上好的鱼子酱时不要附加多余的食材。"

"有机会的话我会转达你的建议，"尚美说完了这句话，直视着横田园子，"我能问一个问题吗？"

"什么问题？"

"既然已经有个这么好的结婚对象，为什么还要继续这种危险的偷情行为呢？我可能有些多管闲事了。"

横田园子用鼻子哼了一声，说道："事情的发展是有顺序的。当然在跟鸭田结婚之前我是打算和大山正式分手的，可是这需要一个过程，现在我正处于这个过程之中。"

"那你为什么还要和大山一起去西班牙呢？"

"他非要让我和他一起去。后来我仔细想了想，这次也是个好机会，借着这次旅行我会和大山做个了断，这是真心话。"横田园子说着朝着尚美靠近了一步，继续说道，"所以我把一切都告诉你了，希望你能帮个忙。"

"你需要我做什么？"

"鸭田现在还在房间里睡得很沉，他喝了不少香槟，我还在其中一杯里加了些安眠药。他从熟睡中醒来后，会看到我给他留的字条，上面写着'看你睡得太香了就没忍心叫醒你，我现在已经出发了，等着我从西班牙给你带礼物吧'。不过他是个多疑的人，即使如此可能还是会怀疑，他很可能会找饭店服务人员来确认我是不是真的一个人。为此可能他会不惜重金套饭店人员的话。"

"你说了这么多是不是想说，如果鸭田问我你是否单身一人时，我不要把实情告诉他，对吗？"

"简单来说就是这样，如果你肯保密的话，我会付你鸭田双倍的钱，当然这要等到我和他顺利地结婚之后。"

听到这里，尚美感觉自己的表情已经僵硬了，有些无法抑制心中的怒火，有一种想要大骂横田园子一顿的冲动。

但尚美最终还是忍住了，拼命地缓和了一下嘴角。

"这个你不用担心。不论给我多少钱，我都不会把客人隐藏在面具下面的真实面孔告诉其他人的。不管真相如何，即使那是一张丑陋的面孔，我也决不会揭穿它。"

听到这句话的一瞬间，横田园子脸上的表情消失了。如果没有那层面具，横田园子内心深处的憎恶恐怕就要喷薄而出了吧。

过了几秒钟，面具上的表情变成了冷漠的微笑。

"是吗，那就太好了。"横田园子环视大厅一周，继续说道，"真是个很不错的饭店，只是我应该不会再来了。"

"能让您满意是我们的光荣，"尚美说着深深鞠了个躬，说道，"请您慢走。"

这次再没有听到横田园子的回答，尚美抬起头时，横田园子已经走出了饭店大门，上了一辆出租车。

尚美的脑海里浮现出了宫原隆司的脸，不知这次西班牙之旅，他要面对多少艰难挑战，光想想就觉得很可怜。

加油吧，好好守护你的大将——

最后，尚美想起没有问宫原是不是真的两年前就结婚了，她有一丝丝的后悔。

新人登场

1

半梦半醒之中，新田听见了熟悉的来电铃声，应该说，他就是被这个铃声吵醒的。他坐了起来，观察了一下四周的环境，发现并不是在自己家里的床上。对了，他昨晚住在市中心的饭店了，现在身上只穿着内裤。

清晨的阳光从遮光窗帘的缝隙里透进来。借着这点光，新田找到了手机。正在床头柜上响着。

看了看来电显示，是本宫前辈打过来的。新田眼前立刻浮现出了本宫那令黑社会都相形见绌的可怕神情。

"我是新田，早上好。"新田一边看着床头柜上的闹钟一边说，时间刚过上午八点。

"喂，小色狼，你刚起床啊。"电话那头传来了本宫刺耳的声音。

"早就起来了，色狼是什么意思啊？"

"就是那个意思嘛，昨天不是白色情人节嘛，你肯定和哪里的美女钻到饭店开房了吧。比如说市中心饭店的海景房之类的。"

"你说什么呢，怎么可能呢。"新田一边讲电话一边下了床，走到了窗前。斜眼看了一下沙发靠背上搭着的黑色长筒袜，拉开了窗帘，呈现在眼前的，正是东京湾的美景。都被本宫猜中了。

"昨晚我一直在家里为了晋升考试学习到很晚。"

"哦？看来与男女之事相比，你的事业心更强啊，从美国回来的精英就是不一样。"

"别说这个了，你这么早打电话来到底是发生了什么事啊？难道是有新案件了？"

"你猜对了，局里那帮家伙有好几个人都得了流感在休假，就把球踢到我们这边了，上头让我们马上出勤。"

"案发现场在哪里？"

"这个我也不知道，到了公司就知道了。"

以本宫为代表，很多警察都把自己的工作场所叫作公司。好像是因为在外面谈话时不想让周围的人意识到自己是警察。对于这一点新田不能理解，既然那么在意，不要在公开场合谈论与工作相关的话题不就好了？现在这个时代，能够密谈的场所多得是。

"我马上就过去。"新田说着挂断了电话，朝着浴室走去。浴室门关着，里面正传来吹风机的声音。

新田敲了敲门，里面好像没有反应。他只好用力敲了几下，吹风机的声音终于停了下来。

"干吗啊？"一个慵懒的女声问道。

"我有任务了，现在马上就得走。"

"欸？不是说今天可以休息一下吗？"女声里充斥着不满的情绪。

"我不也说过了随时可能要出任务吗？总之你快点出来吧，我想冲个澡，还得刷牙。"

"等一下吧，我还没化妆呢。"

"一会儿再化吧，我马上要走，可是你不用那么着急，走之前我会把房费付清的。"

"不行……"

"为什么啊？"

"因为人家不想让浩介看到我的素颜啊。"

"说什么呢，我不都见过好几次了吗？"

"那是不一样的。"

"哪里不一样了？"

"因为那几次不是真正的素颜，我只是化了看起来像是素颜的妆，现在我可是真正的素颜，所以不可以。"

听了她的话，新田感到一阵轻微的头痛。这是什么意思，素颜竟然还有真假之分吗？

"总之你先化个虽然不是素颜但看起来像是素颜的妆吧，这样能快一点吧？"

"完全错误，那样的妆反而更费时间。"

新田的眉头紧紧皱在了一起。他想不明白既然那么费事，为什么还要去化这种看起来像素颜的妆。每次交女朋友时新田都会感到困扰，女人有太多令人不能理解的行为了。

"那你还要多长时间？"

"大概半个小时吧。"女人不紧不慢地回答。

"要那么久？就不能快一点吗？"新田终于忍不住提高了声调。

"可是，人家也没有想到浩介你会起得这么早啊。"

这次新田的忍耐到了极限，又憋着尿，实在不想和她纠缠下去了。

新田打开了身后的衣柜，拿出西装、衬衫和领带，袜子散落在床边。

迅速穿好衣服，打好领带，穿上了鞋子。新田再次敲着浴室门问道："喂，怎么样了，化好妆了吗？"

"欸？还没开始化妆呢，我刚才在小便。"

这个回答让新田快崩溃了，实在是不能等了。

"那我先走了，后面的事麻烦你了。"

"欸？这么快就走了，再等一会儿嘛，难得约会一次……"

"不行，我好不容易才被分配到搜查一科，不想被别人当作是无能的新人，拜拜了，再联系。"

浴室里的女人还在不满地叫着什么，新田已经打开房门出去了。这次的女朋友是在联谊会上认识的，已经交往快三个月了，可是总觉得两人的气场有些不合，这样下去这段恋情应该也不会坚持太久了。

2

案件发生在白色情人节的夜里。

先是在凌晨的两点零五分，接到了住在中央区高层公寓的一位叫田所美千代的女性打来的报警电话，说是出去跑步的丈夫至今未归。她开着车沿着丈夫的跑步路线找了一圈，但没有发现丈夫的踪迹。

附近的岗亭派出了巡逻车，以跑步路线为中心展开了搜索。终于，在江东区永代二丁目的人行道上发现了血迹。随后警察在血迹附近继续搜查，在人行道边栅栏围住的施工现场内发现一名男性倒卧。男性身穿运动服，运动服外面另披着一件外套，隔着外套后背和腹部各被捅了一刀。虽然立即送到了医院，但终究回天乏术，很快便确认了死亡。这名男性就是田所美千代的丈夫，田所升一。

发生了这样的案件，不仅是案发区域管辖的警署，连周边的警署都进入了紧急戒备状态，开始对现场周边进行巡查，可是并没有发现任何可疑人物。

第一次搜查结束后大约一小时，在被害者田所升一的家中，新田端起茶杯喝了一口茶，又把泡着格雷伯爵茶的茶杯放到了面前。虽然跟女主人说了不用客气，但有人到访不招待一下她还是觉得不好意思吧。

"也就是说您丈夫有跑步的习惯不是什么秘密，有很多人都知道，是吗？"本宫礼貌地问讯道。坐在旁边的新田心想，原来这个人也会这么客气的说话，听起来多少有些令人感动呢。

"是的，没有刻意隐瞒。相反，我的丈夫还跟许多人说起过关于自己跑步的事，因为他对自己坚持跑步一年多这件事情感到很自豪……"田所美千代平静地回答。

虽然低着头，但她坐在沙发上后背笔挺的姿态给人一种坚韧的感觉。

她今年三十七岁，可是看起来很年轻。今天的装扮很朴素，如果好好化个妆，应该会非常光彩照人吧。

"那跑步的具体路线呢，也对很多人详细地说明过吗？"

"这个嘛……"田所美千代轻轻地把头歪向一边，陷入了思考。

"不太清楚。我觉得应该没有对别人说得很详细，即使是我也只是知道一个大体的路线。况且我的丈夫好像会根据天气和身体情况调整跑步路线。"

"时间呢？听说昨天是十一点左右从这里出发的，这个时间是固定的吗？"

"嗯，差不多吧，大概每天那个时间从家里出发。"

"那么，几点回家呢？"

"十二点前回来，每天花四十分钟左右跑七公里，我丈夫生前经常这么说。"

四十分钟七公里，对于爱好跑步的人来说也不是什么难事，新田开始在脑子里计算着。但是被害者已经四十八岁了，考虑到他的年龄，可能也差不多就这个水平了。

新田的目光环视着房间。首先是眼前的物品，第一眼看上去只是一个玻璃台，但桌腿部分使用了白色的大理石。还有黑色的皮沙发，应该是意大利品牌 NICOLETTI。之前家里装修的时候，新田记得在宣传册上看到过这个牌子的沙发。自己觉得是不二之选，父亲却不喜欢，但在新田看来，这款沙发非常不错。

看来这次的被害者真是一位成功人士。站在高级塔式公寓的下面时新田就有这种感觉，进到家里，穿过对两个人而言过于宽敞的客厅，看着得体而高级优雅的摆设，新田更加确信了这一点。

难道是生意场上的矛盾纠纷？——新田开始发挥自己的想象了。遇害的田所升一，是一位经营着多家餐饮店的实业家。这种成功人士，多半是踩着别人的肩膀才爬到那个位置的。那些被牺牲掉的人不会永远沉默。如果他们知道这位曾经践踏过自己的成功人士每天晚上都在悠闲地跑步，应该会拿着刀在路边埋伏他吧。

"最近，关于跑步的事情您的丈夫跟您说过什么吗？"本宫继续询问，"比如说看到了可疑的人，或者是被人跟踪之类的？"田所美千代听后陷入了思考，过了一会儿，摇了摇头，说道："没有说过。"

"那有没有接到奇怪的电话或者是邮件呢？"

"应该也没有提到过。"

"公司那边怎么样，听说您的丈夫投资了很多餐饮企业，会不会是公司的人际关系出了问题？"

"这……我对我丈夫工作上的事情一无所知，也从来不过问。"

"这样啊。"本宫用手指尖搔了搔眉峰处。他的眉毛上面有一道五厘米左右的伤疤。

这时田所美千代抽泣了一下，从膝盖上拿起握在手里的白色手绢拭了拭眼角。白皙细长的无名指上，海瑞温斯顿的钻戒闪烁着耀眼的光芒。

新田把目光转向了墙壁。靠着墙壁摆放着一个餐具架，应该是意大利品牌。餐具架上放着一个透明的盒子，里面放着六只黑色的葡萄酒杯。

"那些杯子是巴卡拉的哈考特·暗夜·完美系列吧？"新田开口问道。

田所美千代一愣，把目光转向新田，可以看到她的眼睛有些充血。

"我是说放在餐具架上的杯子。虽然有六只，但是成品应该只有一只，剩下的五只都是有些小缺陷的残缺品。故意把残缺品收集起来集成一套据说也是有些哲理性的。但是这些东西应该很稀有，是买来的吗？"

田所美千代叹了一口气，说道："您还真是这方面的行家。这是我丈夫送给我的，作为结婚一周年纪念日的礼物。"

"看来您很喜欢巴卡拉这个品牌。"

"也不仅仅是巴卡拉，因为工作的缘故我对餐具很感兴趣。"

"您说的工作是指？"

"我开了一个料理培训班，不过虽然叫培训班，每次也只有几名学生。我和丈夫就是经那里的学生介绍相识的。"

"原来是这样啊，容我多问一句，您和您的丈夫是什么时候结婚的？"

"三年前的秋天。"

坐在旁边的本宫的脸上浮现出了惊讶的神情。"才三年啊？"

"是的，"田所美千代点着头说，"才刚刚三年。"

新田都看出来田所美千代在说这句话时强忍着悲痛，心中莫名地升起一股火。

"我们一定会抓住案犯的。"新田看着美千代的眼睛说道。

后来，本宫又问了几个问题，但从被害者的妻子那里并没有得到对搜查有参考价值的信息。本宫和新田告知美千代，如果想起了什么，请随时跟警察联系，随后离开了被害者的家。

走出门口，本宫在走廊里边走边说："真是个不错的女人，丈夫遭遇了不幸，她一定想放声大哭吧，可是她并没有表现出软弱的一面。看来不仅仅外表美丽，内心也很坚强。"

"我也有同感。"新田说着，脑海中浮现出美千代那噙满泪水的双眼。

回到特搜本部，两人向稻垣组长汇报了调查情况。稻垣只说了句"辛苦"。

"其他部分怎么样了？"新田向稻垣问道。

"其他？"稻垣抬起头，投来了锐利的目光，"其他指什么？"

"我指的是搜查情况。有没有发现什么有用的线索？"

稻垣别过脸，看着手头的资料说："这个不需要你来操心。"

新田刚想申辩，耳朵就被揪住了，原来是身边的本宫。本宫就这样拉着新田的耳朵将他拖了出来。

"干什么啊？啊，好疼。"

一走出稻垣的办公室，本宫才放开了手。

"喂，你到底在想什么？"本宫发出啧啧声，"你这个新来的。"

"信息共享很重要啊。"

"这个我也知道，所以才会有搜查会议。如果都像你这样，稻垣组长要对每个人都说明一次，有几个分身也不够用啊。"

"但是我看组长刚才好像不是很忙。"

"吵死了你，你有时间在这强词夺理，还不如赶紧回去写报告。"本宫训斥了新田之后，用指尖戳了戳他的胸脯，猛地一转身，走出了房间。

新田回到自己的座位，打开电脑。登陆互联网一搜索，立刻找到了田所美千代经营的料理培训班的网址。

进入一看，主页上发布了紧急通知，大致内容是"因特殊原因料理培训班本周停课，今后的日程安排另行通知，非常抱歉"。

料理培训班的地点好像在京桥。主页上还登载着参加培训班的学生们兴致勃勃挥舞着菜刀制作料理的照片。在一张名为"试吃会"的照片上，田所美千代的身影也在其中。

网页上的其中一个版块叫"学生们的留言"，新田点击进入后，出现了一大串的评论。主要有以下内容：

"曾经对料理非常头疼的我，在这里取得了令自己都感到吃惊的进步。精神十足、开朗乐观的老师，欢乐轻松的学习氛围，让我一直想在这里学下去。"

"美千代老师的教学很细致，无微不至的指导给了我很大的帮助。课间休息时聊天也非常开心，心情得到了放松。今后也请多多关照。"

"我是四十多岁的男性。在小课堂上美千代老师能够手把手地细心指导，让从未做过料理的我也有了很大的进步，非常感谢。"

还有很多其他的评论，可能有些对培训班的负面评论没有登载，但从登载的评论看，美千代确实是一位深受学生喜爱的老师。

虽然特搜本部一成立，很多警察就会留宿在此，但新田还是回到了自己位于麻布十番的公寓。回家后先检查了个人邮箱，查收了几封邮件。都是不怎么要紧的事，其中有一封是妈妈发来的。邮件中说，自己下个月计划回国，请提前安排好时间一起吃饭。

妈妈还是不了解自己的工作，新田叹了口气。

说是提前安排时间，但还不知道那时候案件调查的进展情况。根据查案需求，很可能无法休假。

新田的父母和妹妹，目前住在西雅图，因为父亲是当地日资企业的顾问律师。新田并没有在西雅图的家里住过，但还是因为父亲工作的关系，十几岁时在洛杉矶度过了两年多的时间。也就是因为这件事，本宫老是冷嘲热讽地说新田是美国回来的精英。

新田从高中开始回到日本上学。因为对警察的工作感兴趣进入了大学的法学部，但是父亲得知这个消息后却大吃一惊。

处理刑事案件，是最不上算的工作了。因为刑法本身和汉谟拉比法典并没有什么区别。偷东西要坐牢，杀人要偿命——一个野蛮而单纯的世界。

如果想当律师的话还可以接受，可是警察就算了吧，你不想重新考虑一下吗？——父亲特意从美国打来越洋电话劝说新田。

"没有。"新田果断地回绝了父亲。新田很久以前就喜欢看推理小说，梦想着有一天能和高智商的罪犯进行一场对决，而当律师是没有办法和罪犯战斗的。

新田给母亲回了邮件，信中写道："碰上了一个棘手的案子，下个月的安排还无法确定。"

处理好邮件后，新田脱掉西装，换上运动服，在小背包里装上了手机等物品，出了门。

新田乘坐出租车来到了田所夫妇居住公寓的附近，从那里开始沿着调查掌握的田所升一的跑步路线慢跑起来。此时刚过半夜十一点。

虽然三月已经过半，可冬日的寒冷还没有完全褪去。新田跑了一会儿，感觉身体已经热了起来，但是耳朵却冻得发疼，手也冷冰冰的。新田有些后悔没有戴上帽子和手套了。

很快他就跑到了案发现场附近。紧挨着这里的是隅田川和一片住宅区。这是一条有些弯曲的单行道，沿着单行道一直走下去应该能走到永代桥边。

新田继续跑着，不久到达了案发的建筑工地。工地与单行道之间被施工用的栅栏隔开了。新田渐渐放慢了速度，最后停了下来。开始一边观察周围的环境一边慢悠悠地走着。

这条路比较宽但却是单行线，也许是因为这个缘故，几乎没有车辆通过。路灯也很少，被路边树荫遮挡住的地方更是漆黑一片。

这里好像已经被收拾过了，并没有发现案件留下的血迹。新田停了下来，回头看着自己刚刚走过的路，开始在头脑中想象着犯人的犯案过程。

被害者没有损失财物，应该可以排除以抢劫为目的的偶然作案的可能。案犯应该是知道田所升一的跑步习惯，并提前埋伏在这里的。

根据目前的调查，被害者先是腹部被刺一刀，接着后背又被刺一刀。案犯应该是事先藏起来，算好时机突然出现在被害者面前作案的吧。

那么案犯究竟藏在哪里呢？可能性最大的应该还是施工用栅栏的内侧。只要迅速在栅栏上打开一个出口，然后埋伏在里面等待目标出现就可以了。

实际上在紧挨着栅栏内侧的地面上，发现了五个烟头。都是同一品牌的香烟，而且被丢弃的时间也不长。很有可能是案犯在等待目标时留下的。本宫前辈曾经问过田所美千代，是否认识抽这个牌子香烟的人，但是并没有得到什么线索。据她所说，现在周围几乎没人吸烟了。听了这样的言论，大烟鬼本宫好像有些不高兴。

新田靠近栅栏，试图晃动其中一块。可是栅栏却比看起来结实得多，一只手根本扳不动。新田弯下腰，准备用两只手一起扳。就在这时，不知从哪儿传来一个男人的声音："住手！你在干什么？！"

一位穿着制服的警察朝新田走了过来。

"啊，没什么。"新田摆着手说道。

"这怎么可能，你明明在扳动栅栏。"警察的脸色阴沉了下来。

"都说了没干什么，我可不是什么可疑的人。"

新田正要转身离开，警察一边说"不许动"一边抓住了新田。

"啊！你要干什么？"

"跟我来一趟，我要确认你的身份。"

"啊？"

这时传来了稀稀落落的脚步声，又有别的警察赶了过来。

"喂，怎么了？"远处的警察问道。

"发现了可疑人物，"抓着新田的警察怒吼道，"我要把他带回去，快过来帮忙。"

"欸……怎么会变成这样。"新田叹道。

3

"嗯……真是让人没法同情你啊，"本宫一边嚼着口香糖一边说，"在前一天夜里刚发生了凶杀案的现场，如果有一个人穿着可疑，形迹可疑，巡逻车中的警察理所当然会把你当成嫌疑犯。"

"可是我说了我是警察了，而且还说了好几次。"

"如果凭你一句话就轻易相信你，那所谓的警备还有什么意义？现在误会已经解开，对方也向你道歉了，不就行了嘛。再说，重点是你在案发现场发现了什么？有没有发现有用的线索？"

"线索是没有，不过有一点让我很在意。"

"什么事？"

"按照我们目前的分析，案犯应该是藏身在隐蔽处埋伏着，等待被害者通过时忽然跳出来进行犯罪。但如果使用这个方法，很有可能被目击者看到。因为案犯藏在隐蔽处，所以即使有人从被害者相反方向走过来，他也应该看不见。现场很黑，那条路又有拐弯，视线范围没有多远。我的亲身经历就是证据，我当时完全没有注意到有巡警向我走近。如果案犯是有计划的犯罪，那应该不会使用这么有风险的方式吧。"

本宫皱着眉毛，开始打量起新出。

"有什么问题吗？"

"不是，我觉得你的推断很有道理，那你打算怎么办？"

新田耸了耸肩："不知道。"

"什么嘛，你也不知道啊。"

"所以我刚才就说了，这也算不上什么线索。"

本宫听着，用鼻子哼了一声。

"在案发现场不是发现了烟头吗，刚才我稍微打听了一下，好像施工人员都不清楚。所以没准真的是作案人留下的。现在血液分析也正在进行中。虽然你刚刚关于风险的形容词用得很酷，但也有可能案犯根本没有想得那么周到。没被人目击，只不过是运气好而已。"

"是这样吗？"新田心里不以为然，不过嘴上也没有再和本宫多说什么。

此时两人正坐在地铁上，赶往被害者田所升一的公司。

田所升一的公司在面向六本木大道的一座楼里。一位叫作岩仓的工作人员接待了新田二人。他是田所升一所有部下当中工作时间最长的员工了。

"真想不到会发生这样的事，我大受打击。从昨天开始，我们的工作变得一团糟，不知从何下手。各个店铺的负责人也开始无心工作，不知道是谁干的，真是把我们都给害惨了。"岩仓说着，黑框眼镜后面的一双眼睛还在不停地东张西望。

"最近一段时间，田所先生有没有发生工作上或者是私人的纠纷呢？"本宫问道。

"也算不上纠纷，在工作上确实有几件比较棘手的事情，不过通过相互沟通商谈，都是可以解决的。跟这次的事件应该无关。"

"因为工作的关系，有没有招来什么人的憎恨？比如说强行解雇了某个员工之类的？"

"这不可能，"岩仓一下子坐直了，边说着边使劲摆手，"社长虽然在工作上要求很严格，但绝对不会做不通情理的事情。他在雇用员工的时候，会对员工背景进行彻底的调查。员工进入公司后，在得到社长的信任之前，通常也要经过很长时间的考验。而一旦雇用了某位员工，只要不发生极其特殊的情况，是不会解雇员工的。正因为这样，各个店铺的店长都感受到了社长的有情有义，都很卖力地为他工作。"

"那会不会是期待越大，他给部下的压力就越大？因压力过大引发了某位部下神经衰弱，导致压力爆发了呢？"

岩仓不停地摇着头，好像在说你们真是不了解情况。

"社长从来没有过分地用工作去压迫部下。相反，他时常会关心员工的精神层面。比如说他经常对部下说，与工作相比，家庭要放在第一位。也对我们说过，无论工作有多忙，都要拿出时间来与家人团聚。"

"美国式管理方法呢。"新田说。

岩仓赞同地点了点头。

"前几天还发生了这样的事，"岩仓接着说道，"有一位去年刚生了个女孩的员工在加班，社长看见后将他训斥了一顿，你们猜这是为什么？"

新田二人不明就里，不约而同地摇了摇头。

"因为那天是三月三号。也就是他女儿出生以后的第一个生日。社长一早知道这件事，便追问他为什么这么重要的日子不早点回去陪家人。社长常说不珍惜家人的人也不会珍惜客人，因此是做不好工作的。"

"原来如此，不过这话可不能被我家那位听到。"本宫对此颇有感触。

除了岩仓以外，本宫和新田还问了几位员工，得到的回答大致相同。田所升一虽然还算不上是圣人，但是在别人眼中很有威望，是一个深受部下爱戴的人。不止一两个员工被田所升一提醒过要重视家庭生活。

　　"看起来不像是因工作关系导致的杀身之祸，"走出田所升一的办公室，本宫的语气中充满着疲惫，"部下对他都很尊敬，也没有发现与合作伙伴有不和。而且，在那方面好像也很清白，真是找不到突破口了。"

　　本宫口中的那方面是指男女关系。两人曾经怀疑田所升一可能有情人，于是婉转地问了几位员工。所有的人都坚决否认了，说谁都可能，但如此珍惜家庭的社长绝不可能有情人。

　　"但是谁都有不为人知的一面吧，所以接下来我们要去俱乐部调查一下。"

　　"嗯，去是要去的，但我感觉不会有什么收获。"

　　两人说着，朝着田所升一平时接待客人经常光顾的俱乐部走去。俱乐部离公司不远，走路就能到。他们隐约希望能在俱乐部里发现一名和田所升一有特殊关系的女招待。

　　但是老实说，新田心里的想法和本宫一样。恐怕这次的被害者，没有情人之类的关系。倒不是人品的问题，而是客观条件不允许。根据岩仓等人的描述，田所升一的日常工作非常繁忙，应该没有时间应付婚外情。

　　六本木大街的人行道一如既往地热闹，而且外国人很多。在新田二人面前，一位黑人正在跟一个年轻女孩搭讪。

　　新田停了下来，脑海里忽然涌出一个想法。

　　本宫发现了新田的异样，也停了下来，问道："怎么了？"

　　"我们去喝杯茶吧。"

"啊？"

"有些事情想和你聊聊，想不想听听新人的想法？"

"你这个家伙，"本宫瞪着新田，"和案件有关吗？"

"当然了。"

强势的前辈本宫用评估式的目光打量了新田一番，最终说道："那姑且听听你要说什么吧。"

两人走进了一家自助式咖啡店，找到了一个靠墙角的座位。

紧挨着他们坐着两个看起来像是普通工薪族的年轻人，看到本宫后就匆忙离开了。

"继续刚才的话题，"新田开口说道，"刚才前辈你说过，案犯埋伏在案发现场，等待被害者跑过来时突然袭击他，有些说不通是吧。"

"嗯，你想到什么了吗？"

"是的，"新田放低了声音说道，"我在想，案犯应该是叫住了被害者。"

"叫住？"

"如果想在被害者跑步时下手，那么案犯的机会只有擦肩而过的一瞬间。"新田说着，竖起了两个手指，然后右手的食指向着左手靠近，模拟着擦肩而过的情景，接着说道，"但是这样做的话，如果有人刚好经过，就可能会目击整个犯罪过程。相反，如果叫住被害者，使他停下脚步，就可以先确认周围是否有人再进行犯罪。如果有人来，犯罪行为可以随时终止。"

本宫嘬了一小口咖啡，微微点了点头，双手交叉抱在胸前，说道："这倒是有可能。"

"问题是案犯怎么叫住被害者的。如果是本宫前辈呢，在跑步途中，别人怎么叫你，你才会停下来？"

"怎么叫？"本宫皱起了眉头，"这还分什么怎么叫，一般情况下，只要有人叫，就会停下来啊。"

"真的是这样吗，如果在跑步途中，忽然被人从暗处叫自己的名字，可能会大吃一惊停下脚步，可是警戒心一定会提高的。"

"这个嘛，倒是有可能，案犯是站在路边吗？"

"这是不可能的。"

"为什么？"

"一般跑步中的人目光应该是时刻注视着前方的，如果发现路边有人，一定会绕着跑。"

"我看过现场的照片，那条人行道很窄。"

"确实如此，那条人行道很窄，而且在那个时间段，基本上没有车辆通过。如果在狭窄的人行道上站着一个人，跑步者应该会绕到车行道上吧。那条路是单行线，也不用担心后面有车辆通过。要想喊住在车行道上跑步的人，肯定需要发出很大的声音。但跑步途中，如果被站在路边的人大声喊住，一般人还是会提高警惕的。"

本宫有些烦躁似的挠着头，从口袋里掏出了包口香糖的银色包装纸，把嚼过的口香糖包了进去。

"我没有跑步的习惯，所以很难想象你说的情景，你就别兜圈子了，赶快说出答案吧。"

新田的嘴角微微上扬，开口道："我认为只有一种可能性，案犯从被害者的后面叫住了他。"

"从后面？"

"'喂，不好意思'也可以，'你好像有东西掉了'也可以。总之可能刚开始被害人没有马上反应过来，反复叫了几声之后被害人终于意识到有人在叫自己，于是停下了脚步。"

"叫了很多次？被害人可是在跑步呢！"

"是的，所以案犯应该也是在跑步。根据被害者妻子提供的证词，被害人花四十分钟跑七公里，那么时速应该是十公里左右。虽然速度不快，可是跑起来也不算慢。而且如果从自己的背后传来靠近的脚步声，也可能会使被害者警惕起来。"

"那你的意思是……"

"刚才我也说过，那条道是单行线。不能开车，也不能骑摩托车。"

本宫的眼中闪现出了光彩："是自行车。"

新田慢悠悠地深深点了点头。

"案犯应该是事先跨着自行车，躲在离案发现场有一段距离的一处隐蔽的地方。等到被害者跑步经过时，案犯便骑着自行车追了上去，并且从后面叫住被害者。他事先计算好距离，使被害者刚好在施工现场附近停下脚步。等到被害者停下来后，案犯靠近他，确认四周无人后刺杀了被害者——这个推断怎么样？"

本宫用手托着下巴，陷入了沉思。过了一会儿，用食指指着新田问道："那散落现场的烟头怎么解释？"

新田摇了摇头："可能是案犯的障眼法，他想诱导警察认为他是藏在那里的，来搅乱调查。"

本宫的下嘴唇动了一下，用手挠了挠下巴。

"原来如此，道理上讲得通。可是我们怎么找出目标人物呢？案发现场附近没有摄像头。如果只有骑自行车这一条特征，找起来相当困难。"

"我倒认为这是一条很关键的线索。首先案犯一定住在离案发现场不远的地方，因为他是靠自行车移动的。"

"不一定吧，我认识一个人，他每天上下班骑着自行车往返于川口和上野之间呢。"

新田抬起手，竖起食指在脸前晃动了几下。

"请考虑一下案犯的心理。犯案之后他一定想要尽快藏起来。如果尸体意外被提前发现，那么案发现场周围马上就会戒严，所以他不能长时间骑着自行车移动。"

"嗯，这倒是有可能。"本宫有些无趣地应答着。

"而且，还有一个关键点，就是那五个烟头。根据检验结果，这五个烟头属于同一个牌子，并且刚被吸完没多久。"

"那不是障眼法吗？如果不是案犯吸的，对找出案犯也没什么帮助。"

"是吗？那我问一个问题。如果是本宫前辈的话，如何找到这样的烟头？数量为五个，同一个牌子，而且要刚被吸完没多久。"

本宫像是被触动了某根神经，一下子瞪圆了眼睛。

"应该是在哪里的吸烟室，啊，不行……五个同样的烟头是不可能的。"

"我也认为不可能，而且如果在大家都使用的公共场所，烟头都被混在一起了。"

"这样说来，餐饮店的可能性最大。"

"是的，虽然现在禁烟的餐饮店越来越多，可还是有一部分店铺设立了吸烟区。"

"也就是说案犯从客人的烟灰缸里拿出了五个烟头，那案犯是服务员喽？"

"应该不是服务员，他们无法在工作时间抽身去作案。"

"这倒也是。不过，想拿到客人烟灰缸里的烟头，好像比想象中困难，即使是客人一离开就下手，还是有可能被周围的客人看到。"

"普通的餐饮店是很难，不过还有一些地方是可以轻松拿走客人的烟头的。"

本宫皱起了眉头："有这样的店吗？"

"有啊。"新田向下指了指他们所在的桌子，说道，"这里是禁烟区，所以不行，其他区域呢？"

"这里？"本宫环顾了店里一周，恍然大悟，"哦，自助式的餐饮店就可以了。"

"完全正确，自助式餐饮店，客人需要自己把使用过的烟灰缸放回指定地方。"

"确实如此，在自助式餐饮店里，只要到烟灰缸的回收区域，烟头真是想拿多少就拿多少啊。"本宫望着远方，大声将咖啡一饮而尽，然后将目光转移到新田脸上，"分析得不错啊，你这个新兵。"

"我的推理还不错吧。"

"我们稍后再去俱乐部询问吧，先去向组长汇报一下刚才的想法。"

"汇报时可以说刚才的推理是本宫前辈你的想法。"

本宫怒道："你说什么？"眼睛瞪着新田，"你这个家伙，是在瞧不起我吗？"

"对不起，"新田慌忙道歉，"本宫前辈不会做这种抢人功劳的不光彩的事的。"

本宫隔着桌子伸出手，一把抓住了新田的领带。

"你这个新兵，你知道为什么把我们两人分到同一组吗？本来我们应该各自和管辖区的片警组成一组的。这样我就可以把麻烦琐碎的事都扔给他，按照自己的想法去行动了。但是上面跟我说，让我照顾一下新人，我才勉强同意跟你一组的，知道吗？"

"我知道，真的对不起。"新田低着头认真地道歉。

"我既然接下了这么麻烦的工作，再没些补偿就太吃亏了。你刚才说抢功劳？这种不光彩的事情我当然要做。"

"欸？"新田吃了一惊，抬起了头。

本宫放开了新田的领带，不怀好意地笑道："要是听懂了我的话，就赶快返回本部吧！"

4

　不知道本宫是怎么向稻垣等人汇报的，反正结果是上头指示，对案发现场周围所有的自助式餐厅进行彻底盘查。话虽这么说，但现在在店内设置吸烟区的餐厅已经不多了。而且几乎所有店里都安置了摄像头，所以搜查员们主要的工作就变成了看录像回放。根据现场捡到烟头的检验结果，如果案犯真是从自助式餐厅偷走了烟头，那么他进入餐厅的时间应该是在晚上九点以后。

　根据以上线索，搜查员在位于东阳町的一家牛肉饼自助餐厅拍到的监控录像中发现了可疑人物。

　录像中出现的是一位三十多岁的男性。他身穿黑色夹克衫和牛仔裤，头戴棒球帽。在吸烟区的座位上，除了这个男人，还有另外两组客人。奇怪的是，这个男人并没有吸烟。晚上十点刚过，其中一组客人离开了。戴着棒球帽的男人也紧跟着慢慢起身，靠近烟灰缸回收区。他从夹克衫的兜里掏出一个白色塑料袋，拿起了其中的一个烟灰缸，将里面的烟头迅速倒进了白色塑料袋中，最后若无其事地离开了。

　这家餐厅其他的位置也安装了摄像头，每个摄像头都拍到了这个男人的身影。从这些录像画面中找出了几张脸部拍摄得比较清晰的画面，打印出来分发给了搜查员们。这个男人的面部特征是颧骨较高、下巴尖。搜查员们拿着嫌疑人的照片，分别开始了对负责区域的搜查。

新田和本宫两人理所当然首先拜访了田所美千代。田所美千代的回答使案情取得了重大突破。她看了照片之后，有些胆怯地说认识这个男人。

"是你丈夫的熟人吗？"

田所美千代摇了摇头："不，我丈夫应该不认识这个人，而且这个人也应该不认识我丈夫。"

"那么说来，是你认识的人喽？"

"是的，"田所美千代答道，"他是我料理培训班的学员。"

男人名叫横森仁志。住在江东区的东阳，距离发现他的牛肉饼自助餐厅不到两百米。根据搜查员对这个男人的背景调查结果，他应该没有工作，大部分时间都待在家里，而且他有一辆自行车。

搜查行动中还有另外一个重大收获：横森盗取的烟头的主人找到了。是一位在附近公司上班的工薪族，也是这家餐厅的常客。

搜查员请餐厅店员再看到那位客人时联络警方，不久就接到了电话。搜查员们马上赶到餐厅，见到了那位客人，并取得了他的协助，做了DNA鉴定。

鉴定结果出来了，烟头确实属于那位客人。根据这一点，可以判定是横森在杀人案发现场丢弃了烟头。调查至此，终于有证据可以带横森回来问话协助调查了。

不知本宫是如何协调的，最终的结果是本宫对横森进行问话调查，新田作为记录人一同出席。

横森承认了从牛肉饼自助餐厅里偷取了烟头，并扔到了案发现场，但并不承认杀人。他声称自己绝不会干出杀人这种事。

"那你为什么要把烟头扔掉？"本宫目前的语气还算客气。

横森一脸不耐烦："只是为了搞点破坏，恶作剧。"

"恶作剧？"

"有时会经过施工现场附近，觉得很吵，所以就搞点小动作，就是这么回事。"

横森之所以能这么沉着冷静地应对，应该是看穿了警方没有掌握什么有力的证据。可是当本宫表示要搜查他的住处时，横森忽然惊慌起来。

"搜查我的住处？为什么我的住处要被你们搜查，我什么都没有做过。就因为一个和我毫不相关的人被杀了？你们又没有任何证据，有什么权力这么做？"横森激动地说，脸色显得很苍白，可是眼睛周围却红红的。

"看来你还是不明白，你现在已经等同于被逮捕了。"

"这是什么意思？"

"喂，你给他解释一下。"

新田将目光转向了充满疑惑的横森。

"你刚才已经承认了把烟头丢弃在施工现场。这个行为触犯了轻犯罪法的第一条，可以处以一天以上三十天以下的拘留，并处以一千日元以上一万日元以下的罚款。"

"怎么会这样……"

"这下你明白了吧，今天晚上你就在这里好好过吧。听说这里的拘留所睡起来还算是舒服的。"本宫幸灾乐祸地说着。

另一方面，搜查员搜查了横森的住处，很可惜并没有发现凶器，也没有发现可能在犯案时使用的沾着血的手套之类的东西。但是发现了摄像头拍下的黑色夹克衫。另外还搜出了六条牛仔裤和七双鞋，连同棒球帽一起被带走了。

在对搜查到的物品进行了鉴定之后，发现黑色夹克衫的袖口处用清洗剂洗过。之所以没有拿到干洗店去清洗，应该是怕遭到怀疑吧。但是即使送去干洗店清洗，也不会影响鉴定结果。以现在的科学鉴定技术水平，可以检验出以微米为单位的血迹。

夹克衫的袖口确实沾有血迹，进行了 DNA 比对后，证实是田所升一的血迹。

最初横森还保持沉默，后来可能意识到警方已经掌握了证据，便开口承认了罪行。被本官问到犯罪动机时，他说是为了把田所美千代变成自己的女人。

横森从去年秋天开始参加料理培训班。契机是某一天，横森忽然想自己烤面包，于是在网上搜索到了田所美千代的培训班。第一次上课见到田所美千代时，用横森的话说是"命中注定的相遇"。

在浏览网页上的照片时，横森已经感觉到了，田所美千代是一位十分有魅力的女性。她不仅有美丽的外表，而且对人温柔体贴入微，很会为他人考虑，并聪敏过人。对横森更是格外地照顾。他只要有一点点失败，美千代马上会给予鼓励，使横森很快又充满了信心。她的声音格外温柔，像姐姐对弟弟说话一样亲密。

"这恐怕是你自己的想法吧，"本官在横森的叙述途中打断了他，"她对你温柔地照顾，是因为你是她的学员，她对待每位学员都是这样的吧。"

"不是这样的，"横森激动起来，"她对我是特别的，我在捏面团的时候，她特意走到我后面，手把手教了我。这样的事情她只对我一个人做过。"

"这难道不是因为你笨手笨脚的，她实在看不下去了吗？"

"不是这样的！"横森拍着桌子叫道。

"算了算了。"本宫说着对横森做了个冷静下来的手势。

"先来听听他怎么说吧，"本宫对新田说完，又将目光转向了横森，"也就是说，你对那位夫人一见钟情了？"

横森说得更煞有介事："不是一见钟情，是遇见了命中注定的人。"

"无所谓了，然后怎么样了呢？"

"后来当然是继续参加培训班的课程，在日程允许的前提下。"

横森自从去年九月开始就处于赋闲状态。因为他只要一去公司，心脏就会剧烈跳动，仅仅坐着都觉得很辛苦，额头开始不停出汗。去医院检查后，他被诊断为抑郁症。

横森本来有大把的时间可以每天都去参加培训班。只可惜培训班对参加人数有限制，而且培训费也不便宜。最终，横森竭尽全力每周能参加个两三次。

横森每天都在热切地等待着上课那一天。与田所美千代相见，变成了他人生最大的乐事。今天她会穿什么样的衣服，会梳什么样的发型，会对自己致以什么样的笑容，光是想象着横森就会心潮澎湃。

随着时间的推移，横森已经不再满足于仅仅跟美千代学习料理了。他想知道美千代更多的事情，想要把她据为己有的欲望也日益强烈起来。

有一次，教室里只剩下横森和美千代两个人。横森心想，绝不能错过这次机会，横下一条心对美千代告白了，他对美千代说："我喜欢你，我从心底爱着你。"

"那田所美千代是怎么说的呢？"本宫问道。

横森深深地叹了一口气，说道："她说，谢谢……"

"谢谢啊，然后呢？"

"只说了这一句，"横森的脸上浮现出了淡淡的笑容，继续说道，"所以我又追问她，你觉得我怎么样？"

"答案是什么呢？"

"她说觉得我是个好人，还是个好学的学员。"

本宫瘪着嘴说："还不错啊，至少没有被讨厌。"

"对于她来说，这样的回答已经是极限了，因为她是有丈夫的人。"横森的表情冷了下来。

"我觉得这事不是你想的那样，"本宫有些腻烦地嘟囔着，忽然像是明白了什么似的张大了嘴，"喂，这个不会就是你的杀人动机吧？"

"是的，刚才不是说过了吗？我想把她变成我的女人。"

"可是即使你杀了人家的丈夫，她也不一定能成为你的女人啊。"

横森毫无畏惧地给了本宫一个白眼："你是不会明白的。"

"不明白什么呀？"

"一切本应进行得很顺利。她的丈夫死了，她就恢复了自由身，也可以和我自由地恋爱，过着无比幸福的生活了，"横森歪着嘴恶狠狠地说，"而这一切都被警察给破坏了。"

本宫缓了缓神，看着新田的方向摇了摇头，脸上的表情像是在说"这家伙精神不正常"。

随后，横森详细地供述了作案经过。先是从田所美千代口中听说了被害者有跑步的习惯，然后通过多次的尾随跟踪摸清了跑步的具体路线。因为害怕警察查出自己的住处在附近，他使用自行车作案，特意在案发现场丢弃了烟头以混淆视听。横森本人不抽烟，用烟头扰乱视线这一招一举两得。那家牛肉饼自助餐厅横森去过很多次，对吸烟区的设置和情况非常熟悉。

具体的作案手段，基本和新田的推断一致。横森骑着自行车从后面追上了被害者，然后叫出了他的名字："田所先生。"被害者觉得很奇怪，停下了脚步，就在施工现场的正前方。

横森从自行车上下来，慢慢走近被害者。为了使其放松警惕，横森还笑着说："好久不见了。"

"你见过被害者吗？"本宫问道。

横森摇了摇头："我认得他的样子，但他应该不认识我。不过有人跟你说好久不见时，第一反应会觉得自己认识这个人，然后会回忆在哪里见过这个人之类的，注意力就被分散了，我就是瞄准了这个时机下手。

"当时我确认了四下无人，拿出了事先藏在身上的刀，朝被害者的腹部刺了下去。把刀拔出来后，被害者本能地捂住了肚子。我抓住他的手腕，从事先打开的栅栏缝隙中把他拖进了施工现场，又在他背部刺了一刀，他就倒在地上不动了。然后我把烟头扔下，走出栅栏并把栅栏恢复原样，最后蹬上自行车骑走了。一直骑到永代桥，中途没有碰上任何人。我觉得自己受到了上天的眷顾，神灵在保佑着我。"

"那让我来告诉你一件事吧。"听完横森大致的供述后，本宫开了口。

"你猜我们是怎么找到你的？是田所美千代看了你被摄像头拍下的照片后，告诉我们你叫横森仁志的。也就是说，你一心想得到她，却因为她被逮捕了。"

可是横森的表情没有任何变化。"所以呢？"横森并没有出现本宫期待中的反应，淡淡地问道，"你想要说什么？"

"我想说你做了一件没用的事情，毫无意义可言，只是白白葬送了你的人生。"

横森听后向本宫投来了同情的目光，用毫无变化的语调说道："你什么都不懂。"

5

"真是完全被他打败了。我做刑警很多年了，这些年发现头脑奇怪的家伙越来越多。以前案件的犯罪动机，多半不是金钱纠纷就是感情纠葛，现在因为这种动机犯罪，真是让我怀疑自己的脑子是不是出了什么问题，完全理解不了。虽然这么说，我也干不了几年刑警了，可是你却刚刚开始。想起你的将来，真是深表同情呢。"本宫说这话的时候，正和新田两人走在周围建满高层公寓的人行道上。本宫去了理发店，重新修剪了一贯的大背头。他好像有解决了案子之后先去理发店理发的习惯。

"但是，这个案子真的真相大白了吗？"新田歪着头说道。

"你在说什么啊，横森本人已经承认了，也交代了事情发生的始末。"

"这个我知道，不过对于他的犯罪动机，有一点我觉得还是不太能接受。"

"这个我也不能接受。因为那么可笑的理由去杀人真是不正常。不过本人就是那么交代的，也是没办法的事情。"

"话虽这么说……"

"到底怎么了？还有什么让你耿耿于怀？"本宫显得有些不耐

烦了。

"嗯，这个我自己也说不清楚，就是感觉心里还有些疑惑。"

"你这是什么意思，是不是因为你碰巧识破了作案人的烟头障眼法就在那里自鸣得意了？那种推理，只要我花点心思也是能够做到的。"

"这个我明白。"

"你真的明白吗？干吗，你这么默默地笑什么呢？我们已经到了，要进去了。"本宫说着抬起头，看着眼前的公寓。

在听取横森的供述内容时，田所美千代原本平静的表情明显变得紧张僵硬。虽然化着妆，还是能看到她的脸色越来越苍白。

"更加详细的细节稍后会慢慢整理出来。刚才我说的大致就是横森交代的内容了，您听后有什么感受？"本宫转述完后，提出了这个问题。

田所美千代连连眨着眼睛，喉咙滚动几下之后，终于缓缓地开了口。

"真是太意外了，没想到是那位男士做了这种事……来我的培训班之前他完全不懂料理，能够让这样的人喜欢上料理，我还为此很高兴呢。"

"很可惜，那个男人真正迷上的并不是料理。真是很让人气愤的一件事。再次请您节哀。"本宫说着低头鞠了个躬，新田也赶快做了同样的动作。

"我到现在都不敢相信这件事，原本以为他是一个很周到的人。"

"那……请问夫人您知道横森对您的心意吗？"面对本宫的这个问题，田所美千代的表情显得有些不好意思。

"如果说完全不知道是骗人的。正如您刚才所说，有一次他当面向我告白了。"

"那您当时没有感到可能会有危险吗？比如说被跟踪之类的？"

田所美千代看上去很难过地摇了摇头，说道："也许是应该考虑周全。我觉得自己没有受到什么伤害，好像也没有到需要做些防范的地步。我还是太缺乏警惕性了。"

"现在这个社会上什么样的人都有，有的家伙会把别人对自己单纯的友善误认为是爱情呢。"

"说得真对，要是我能早点意识到这一点……"田所美千代似乎控制不住自己的情绪俯下了身子，用经常握在手里的手绢擦拭着眼角。

新田抬起了头，又看见了那个餐具架。那里依然摆放着六只巴卡拉的葡萄酒杯。那套属于哈考特·暗夜·完美系列的产品，据说是结婚一周年时田所升一送给妻子的礼物。结婚一周年——这个特别的日子。此时此刻，新田头脑中的那团迷雾突然消散了。一直以来在眼前徘徊却看不清楚的真相渐渐清晰起来。而那幅清晰的景象反映出的事实，让新田自己也大吃一惊。

"请问夫人，您在料理培训班上做过巧克力吗？"等新田反应过来，自己已经脱口问出了这个问题。

"巧克力？"田所美千代一脸不解的样子。

"就是说在情人节前夕，电视里也经常在演，做一些手工巧克力准备送人之类的活动。"

"啊……"美千代点头说道，"我们培训班也做这个活动。但并不是单纯做巧克力，而是利用巧克力来制作一些有个人特色的甜点。"

"今年也做了这个活动吗？"

"是的，今年也做了。应该是在二月初的时候举行了讲座。请问有什么问题吗？"

"夫人也给您丈夫准备了手工巧克力吗？"

"送过了，那个……警察先生。"

"案发当晚，"新田直接盖过了田所美千代的声音，打断了她的话，"您丈夫喝酒了吗？那一天是白色情人节。问了他公司里的员工，大家一致反映您丈夫是一个特别重视与家人团聚的人。如果他在情人节收到了您送给他的手工巧克力，一定会在白色情人节这一天回赠些什么吧？"

田所美千代深深吸了一口气，在新田看来像是重新调整了一下状态。

"是的，"美千代答道，"正如您所说，那天晚上我们喝了红酒。"

"那么食物呢？没有出去吃吗？"

"没有，但不是我准备的料理，是我丈夫准备的。"

"您丈夫做的？"

"他毕竟经营着多家餐饮店，在料理方面还是有两手的。"

"那么，那天晚上的料理是什么呢？"

"是浓汤炖牛肉，和红酒是绝配。"

"真是个美好的夜晚，晚饭大概是晚上几点？"

"好像是……"田所美千代歪着头回想起来。

"大概是晚上九、十点钟？"

"嗯，差不多就是那个时间。"

"也就是说，饭后不到两小时您丈夫就去跑步了。他又喝了酒，这样对身体可不太好。"

新田感觉到田所美千代眼中瞬间闪过了一道凛冽的寒光。但只是一瞬间，她的脸上马上浮现出了令人怜爱的微笑。

"虽然说喝了红酒，但并没喝多少。平时他也经常酒后出去跑步，所以我就没太在意。不过经你这一说，确实是这样。我应该告诉他这样对身体不好，阻止他去跑步的。"

"对自己的身体状况有自信的人经常会乱来呢。"

"说得没错，不过事到如今已经晚了。"

"但是，被害者是不是真的乱来，不好好调查一番是不知道的，所以我打算接下来好好查一查。"

好像没有弄清楚新田刚才那番话的意图，田所美千代的眼神显得有些彷徨。

"我准备再研究一下司法解剖的结果。是否喝了酒，喝了多少，当晚吃了什么食物等，根据解剖的结果都能够找到答案。"

那位美丽的料理研究家的脸上，好像戴上了能乐①表演时使用的面具一样，变得毫无表情。三个人也就此陷入了沉默。

"目前为止的搜查情况大致就是这样，"还是本宫首先打破了沉默，"接下来如果再有什么情况，我们再向您通报，今天就到此为止，告辞了。"

"好的，拜托你们了。"田所美千代的脸上重新露出了笑容。

田所美千代将两人送到门口，正准备告别。美千代叫住了新田，说道："夫妻之间的关系是很复杂的，你很年轻，有些事情可能还理解不了。"

新田点点头说："我记住了。"

两人刚走出走廊，本宫就用胳膊肘顶着新田的腹部，说道："你这个家伙，要想问那种问题为什么不早说，搞得我很被动。"

"对不起，我也是忽然想到的。"

"那又如何，你也不能那样做啊。"

"本宫前辈，"新田停下脚步，看着本宫的脸说道，"我还有一个请求，请一定听我说完，拜托了。"

---

① 极具代表性的日本传统艺术形式。

6

在拘留所里见到横森时，他的表情有点无所畏惧的感觉。他坐在椅子上，看着对面的新田，头抬得高高的，下巴上扬。

"今天是你负责问话吗？"横森先开了口。

"看你的脸色真不错，一点都不像即将要被起诉的杀人嫌疑犯。"新田说道。今天是本宫负责记录。这是本宫和稻垣交涉后争取来的结果。

"你说要起诉，怎么还不快点起诉我？有那么费劲吗？该说的我已经都说了，也没什么好问的了。"

"那可不行，我们还没有了解到事件的全部真相。"

横森一脸不耐烦地撇着嘴说："你们还有什么不满意？"

"三月十四日，田所夫妇并没有一起吃晚餐，"新田直接进入了主题，"被害者田所升一那天一滴酒都没有喝，胃里残留的食物也和他夫人所说的完全不一样，这是怎么回事呢？"

横森把目光投向一边，嘴里嘟囔着："我怎么知道。"

"田所升一是一个非常重视与家人团聚的人，这样一个人在白色情人节的晚上却没有和自己的妻子共进晚餐，我们很想知道其中的缘由。"

"那你们自己去想吧，跟我说也没用。"

"我想听听你的想法，一对结婚三年的夫妻，一般来说在白色情人节的晚上应该一起庆祝一下吧。"

"一般来说可能是吧，不过夫妻之间的事情很复杂，不能一概而论。"

"原来如此，"新田盯着横森消瘦的脸庞，继续问道，"你为什么选择在那天晚上下手？"

"欸？"横森的目光有一丝慌乱。

"那天晚上是白色情人节。一对结婚三年的夫妻，很有可能会在家里庆祝一下。还有可能会喝酒，喝了酒一般就不会出门跑步了。你埋伏在那里扑空的可能性很大，你没有考虑到这一点吗？"

"……我忘了。"

"忘了？"

"忘了那天是白色情人节，仅此而已。"

新田摇了摇头："不可能。"

"为什么？"

"因为你在牛肉饼自助餐厅点了些吃的。摄像头拍得很清楚。而且你点的是白色情人节的特别套餐，即使你之前忘记了，那时也该想起来了吧。"

横森眼见着自己的谎言被当场揭穿，怄着气别过头去。

"田所夫妇，他们之间的关系好像在渐渐恶化，根据调查，田所升一最近一段时间经常在外面吃饭。据他的部下反映，社长最近开始参加一些不是必须要出席的饭局。根本的原因是为了避免在家里吃饭吧。参加聚餐多半就会喝酒，只要喝过酒，回家以后就不会再出来跑步了。对，田所升一近期的跑步频率确实降低了。负责区域的搜查员通过问讯调查，已经确认了这一点。那么，什么样的日子田所升一一定会出来跑步呢？"看着横森的尖下巴，新田继续分析道，"那就是有家庭庆祝活动的夜晚。那样的夜晚他会命令部下早点回家，这样一来田所升一自己也不会安排商务聚餐。而且又没有喝酒，正是跑步的好机会。事实上，那天晚上他确实换上运动服出了家门。问题是，你是怎么知道的？选择在白色情人节的夜晚下手的理由是什么呢？"

听了新田的一席话，横森什么都没有说。只是低着头把脸转向了一侧。

"横森先生，"新田开口叫了他的名字，"是不是有人指使你去杀死田所升一的呢？"

横森脸颊两侧的肉略微抖动了一下。

"真是不可思议，昨天我们去拜访了田所美千代，跟她说了事情的始末。她却没有说你一句坏话。听她的语气好像自己也有错一样，这是怎么回事？"新田说完，在一边默默地等待着横森的反应。

过了一小会儿，横森深深叹了口气，微微挪动了一下身体，抿着嘴笑着说："真是了不起，看来在刑警中也有聪明人。"横森说着看向了新田，"把所有的事情都告诉你们的话显得我太失败了，所以就隐瞒了一部分，既然你已经看穿了，那就没办法了。"

"果真是受人指使吗？"

"不是的，是我提议这么做的，为了要把她救出来。"

"你口中的她是指田所美千代吧，救她出来是什么意思？"

"当然是把她从那个魔鬼一样的男人手中解救出来。"随后，横森开始了回忆，叙述了以下的内容。

横森对田所美千代告白之后过了几天，两人又偶然地有一次独处的机会。这次横森发现了一件奇怪的事情。田所美千代本来穿着长袖的对开襟毛衣，因为感觉有点热便脱掉了外衣。穿在里面的针织衫是半袖。她露出的手臂上面有很多黑色的淤痕。

横森问她手臂怎么受伤了，田所美千代像是受了惊吓似的又穿上了外套，然后坚持说自己是不小心撞到了。

横森当然不相信这种显而易见的谎话。结果在横森的一再追问下，田所美千代终于开了口，说丈夫对自己实施了家庭暴力。他虽然平时给人的印象是温柔体贴、有包容心，实际上在家里只要稍有不满意就动手。最过分的是他的嫉妒心，田所美千代只要和任何一个男人表现得稍微亲近，他就要发狂。他还希望料理培训班不要再收男学员了。

听完以后，横森说："怎么会有这么离谱的人，你应该和他分手。"

"如果真的能分手就好了。"田所美千代哭着说道。据她说，从前自己父亲的公司经营困难，从田所升一那里得到了很多支援，如果真的离婚，恐怕田所升一会要求自己的父亲还钱。父母年纪已经大了，不想再让他们受苦。

"我被深深地震惊了。平时看起来那么开朗活泼、无忧无虑的她，脸上竟然出现了那么悲伤的表情。但也许这才是真正的她，一个敏感、容易受到伤害的女人。我第一次意识到，也许她平时像戴着面具一样，把真实的自己隐藏起来了。同时我也感到非常愤怒。我不能允许这种荒唐的事情继续发生，我必须要做点什么。"

"做点什么……是指杀害田所升一吗？"

"就是这个。"

"那你告诉田所美千代你的想法了吗？"

"说了，但没有说得那么直白。"

"你是怎么说的？"

"如果没有你丈夫的话，你会和我在一起吗？——大概是这个意思。"

"那她是怎么回答的？"

"她很难过似的摇了摇头，"横森耷拉着眉毛说道，"她说让我千万不要乱来。这件事她自己默默忍受就好了，不想把别人牵扯进来。当然如果自己的丈夫不在了，就可以自由迎接新的恋情了，但这仅仅是一个梦，自己已经放弃了。听了她的这番话，我暗自下了决心，无论发生什么，我都要把她解救出来。"

新田和坐在旁边的本宫交换了一个眼神，又重新看着横森，问道："杀人计划呢？是你们两个人一起想出来的？"

"都是我一个人计划的。不过有一点你说对了，就是那个家伙在白色情人节晚上会出来跑步，是她告诉我的。"

"但是她还是背叛了你，看到你被摄像头拍到的照片时，她马上就说出了你的名字，关于这一点你怎么看？"

"我不认为这是背叛。对她来说，这也是没办法的事。即便她当时撒了谎，早晚也会被拆穿。她的选择是正确的。而且我已经说过多次了，你们什么都不懂。我本来就是想把她救出苦海，能做到这一点，我就没有遗憾了，我相信她一定也在心里感激我。"横森扬着尖尖的下巴，语气里充满了骄傲。

7

端到面前的盘子里盛着切成扇形的蛋糕，上面装饰着巧克力，看起来色泽鲜明诱人。

"这是今年的情人节之前，我向学生们推荐的一款蛋糕。"田所美千代说道。她此时穿着针织衫，针织衫外面还系着围裙。

"你的丈夫也吃过这款蛋糕吗？"

田所美千代耸了耸肩，说道："这个嘛……我也不清楚。"

"今年的情人节，你应该没有送给你的丈夫巧克力吧。不，即使你想送，他应该也不想接受吧。"

"我完全听不懂你的话，你想说什么呢？和这个案子有什么关系吗？"她说着，把一杯茶放到了新田面前，空气里立刻充满了红茶的清香。

新田此刻正在田所美千代开设的料理培训班里，与她相对而坐，中间隔了一张桌子。本宫这一次没有来。

"最近，我从一个女孩那里听到一段很有意思的言论。她说女性的素颜，是分为真素颜和伪素颜的。"

田所美千代脸上挂着微笑，往一侧歪着头，眼睛里却泛出了警惕的光芒。

"横森仁志说他看到了真实的你。他说开朗活泼的表面是你的面具，面具下面藏着一个敏感、容易受伤的真实的你。但是真相究竟是怎样的呢，他看到的是你的真素颜吗？"

田所美千代眨着眼睛说："您到底是什么意思？"

"你会定期去健身中心健身吧？每周去游泳池两次左右，没错吧？"

"嗯。"

"那就奇怪了，横森仁志说在你的小臂上看到淤痕的那段时间，你和往常一样去健身中心的游泳池游泳。但是认识你的常客和所有工作人员没有一个人看到过你小臂上有淤痕，这是怎么回事呢？"

田所美千代仿佛觉得不可思议，黑眼球转向左上方，反问道："淤痕？我说过那样的话吗？"

"你应该说过遭受了丈夫的家庭暴力之类的话吧？"

"家庭暴力？不好意思，你在说什么我真的听不懂。"

新田端起了面前的红茶杯，说声"我不客气了"，然后喝了一口，深深地舒了一口气，开口道："果然是这样，跟我的推断一样。手臂上的淤痕是化装伪造的，家庭暴力也是子虚乌有的编造。"

"你到底什么意思？"

新田从上衣兜里掏出了一个记事本，缓缓说道："我们对你丈夫平时使用的个人电脑进行了彻底的搜查，发现了一些很有趣的事情。大概从三个月前开始，他开始频繁登陆一个调查公司的网站。那是一个以调查婚外恋为主业的公司。你的丈夫为什么要做这样的事情呢？"

"这个嘛……"田所美千代又耸了耸肩，但脸上的表情明显有些僵硬了。

"我询问了料理培训班的一些学员。对于横森被逮捕的事，虽然有一些人表示出了惊讶，但有相当一部分人则表示，那个人确实有可能那么做。横森对你的着迷已经不是秘密了，他们甚至担心横森会做出伤害你的事情。但是只有一个人，表示出了不同于其他人的担心。他说看着横森，觉得他很有可能随时攻击山口先生。你认识的吧，南北出版社的山口孝弘先生。"

"他是这里的学员，之前我出版料理书籍时，受了他不少照顾。"

"好像是这样，听说你们的关系很亲密呢。"

"那是因为要出书，有很多细节问题需要一起商讨。"

"听说你和山口先生的关系远不止于此，虽然你认为自己可能隐藏得很好，但女人的直觉总是比男人来得准确。"

田所美千代脸上的笑容消失了。"这是听谁说的？"她的眼睛里露出了尖锐的目光。

"这个我不能告诉你。不过作为一名刑警，得到一个消息后就会不自觉地展开推理。横森的话不能全盘接受，因为我怀疑在他的供述的背后，还隐藏着连他自己都不知道的事实。"

田所美千代伸手拿起了茶杯，说："喜欢推理也是你的自由。"

"有一位女性，她发生了婚外恋，"新田开始叙述自己的推理，"很不幸的是被自己的丈夫发现了。这样一来，她很有可能陷入离婚危机之中。但是她不想离婚，因为丈夫财力雄厚，只要保持着婚姻关系，她就可以继续过奢侈的生活。那要怎么办呢？真是烦人。这时在她的生活中出现了一个性格极端偏执的男人。当她意识到这个男人非常迷恋自己时，就想到了要利用他。她给这个男人制造了一个错觉，就是如果自己的丈夫消失，他就能和自己在一起。结果，一切按照她的计划进行，男人帮忙杀掉了自己的丈夫，并且因为犯案过程中的疏忽被警察抓住了。这样一来，一切障碍都消失了，真是可喜可贺。你认为这个推理怎么样？"

田所美千代慢悠悠地喝了一口红茶，深深吸了一口气，然后望着新田："真是一个有趣的故事。但是警察先生，那位女性犯了什么罪呢？"

"如果能证明凶手是受她教唆后犯罪，那么她的罪名和凶手一样，都是杀人罪。"

"要是能证明的话，对吧？现在有什么证据吗？还是仅凭神经不正常的凶手的几句话，就能判定那位女性有罪？"

新田的下巴微动，眼睛瞪着田所美千代。田所美千代也没有逃避新田的视线，两人的目光交汇在巧克力蛋糕的上方。

"很可惜，并没有证据，"新田开口说道，"已经跟横森谈了好多次，他和你之间的联系没有留下任何痕迹。留存的你发给他的短信，还是关于料理培训班的内容。"

"事实如此，因为我和他之间从来没有过那样的交谈。"

两人再一次怒目相视，不过这一次田所美千代很快就移开了视线，看了看手表，然后说道："已经这么晚了，真是不好意思，我的学员们就快来了。如果没有别的事，就请您回去吧。"

新田咬紧了牙根，叹了口气点头道："好的。"

新田起身，向门口走去。穿好鞋后，新田再次转过身对田所美千代说："能再问你一个问题吗？"

"什么问题？"

"如果横森没有被警察抓住，你打算怎么办？他可是一心一意想和你在一起，搞不好会跟踪纠缠你。"

美千代的肩膀一下子松懈了下来，好像在说"就是这个问题啊"。紧接着说："完全不担心，那种男人，我有的是办法对付他。"说这话的时候，新田从田所美千代嘴唇的缝隙中看到了她粉红色的舌头。她的表情让新田联想到了紧盯着猎物的毒蛇。

新田深深地叹了一口气，说："这下我终于看到了你的真实面目。"

田所美千代听后眼睛里闪过了一道光芒，开口道："希望这次的事对于警察先生来说是一次很好的历练。"

"我会记住这次教训，以后绝不会再被女人的面具欺骗了。"留下这句话，转身走出房间后，新田用力地咬住了自己的嘴唇。

假面与蒙面

1

十月八日，星期五。山岸尚美精神饱满地站在饭店前台。下周一是体育纪念日，所以从明天开始就是三天小长假。再加上适逢结婚季，饭店房间都被约满了。预约的客人之中还有几个来自外地的旅行团，尚美在心中默默期望这段时间千万不要出什么乱子。

东京柯尔特西亚饭店办理入住的时间是下午两点以后。两点钟刚过，就有一群男人到达了饭店大堂。看到他们的一瞬间，尚美就产生了一种不祥的预感。真讨厌，千万别到我这儿来办手续啊，尚美在心中祈祷着。

那群男人一行五人。除了有两个人能明显地看出已经四十多岁了，其他人根本判断不出年龄。但这几个人一看就是同类型的人，身上散发着相同的气场。其中最具代表性的是领头的男人，他穿着一件看起来很厚重的格子夹克衫，所有的扣子都紧紧扣着，背着茶色的双肩包。头发乱七八糟的，脸色青白，还戴着一副黑框眼镜。尚美看着他，脑海里浮现出人气女艺人粉丝见面会的情景，尚美心想，他倒像是经常出没于那种场合的人呢。其实尚美从来没去过那种地方，所以也不是很了解实际情况。

那群男人一直在那里商量着什么，终于好像有了结论，准备开始行动了。不幸的是，他们一行人向前台走了过来。尚美的身体不自觉地僵硬起来，前台还有其他接待人员呢，千万别到我这里来，尚美在心里默念。

可是尚美的愿望落空了，那群男人很快来到了她的面前。这下没办法了，尚美只能说："欢迎光临。"

"我叫目黑。"黑框眼镜男说道。

尚美查看了一下电子屏幕，找出了他的预约记录。

"您是目黑和则先生吧。"

"是的。"男人点点头。

名字叫目黑还戴着黑框眼镜——这是在搞笑吗！

"您预订了今明两天，标准双人无烟房一间，豪华三人无烟房一间，对吗？"

"是的。"黑目面无表情地回答。即使和这个人面对面说话也不太看得出他的年龄。他看起来既像高中生又像中年大叔。

尚美将两张住宿登记表放在了前台上。

"请填写姓名和联系方式。"

目黑没有填写，有些迷惑地转身看着另外四人。然后这五个人开始嘟嘟囔囔地商量着什么，看起来好像还没有决定好房间怎么分配。

"如果还没决定怎么分配房间，先填写代表的信息就可以了。"

听了尚美的话，这几个人又开始商量派谁做代表。

最后，目黑和另外一个胖胖的中年男人被选为代表，开始填写住宿登记表。根据他们填写的信息，目黑的住址在栃木，而叫犬饲的中年男子的住址却在静冈，这些人到底是什么关系呢？

"您在预约时希望用现金结账，请问有变化吗？"

那群男人又互相交换了一下眼神，纷纷点了下头。然后目黑开口道:"可以。"

"好的。根据本店的规定,在办理入住的时候,需要向预计用现金结账的客人收取押金。双人房的押金五万日元,三人房的押金七万日元,如果入住两天,押金也要各自翻一倍。"

"怎么要先付款呢?"目黑不满地问道。

"只是押金而已,您退房的时候,会把剩余的金额退还给您。"

男人们又一次开起了小会,叽叽咕咕地讨论起来。因为房间不同,需要预付的押金也不同,他们是在为这个争论。

"真麻烦。"尚美在心里抱怨道。

在得出先平摊那二十四万日元的结论之前,他们商量了至少五分钟。要是赶上客流集中的高峰期,恐怕要被其他客人投诉了吧。

终于办完了手续。尚美把房卡递给早就等在一旁的服务生,鞠了一躬说道:"请慢走。"

但是有一个男人却没有要走的意思,就是那个叫犬饲的中年胖子。他盯着尚美,好像有话要说。

"请问有什么不清楚的吗?"尚美首先发问。

犬饲开口说:"TACHIBANASAKURA。"

"什么?"

"我说TACHIBANASAKURA,她今晚不是要入住你们饭店吗?"犬饲红着脸挤出了一丝微笑,用沙哑的声音问道,"能告诉我她住在哪个房间吗?我不会告诉任何人的。"

尚美终于明白了他的意思。TACHIBANASAKURA这个名字,好像在哪里听过,大概是哪个人气偶像的名字。

"实在抱歉,我们饭店有规定,不能透露客人的隐私信息,请您理解。"尚美道了歉并鞠躬。

犬饲发出了啧啧声,抱怨道:"什么嘛,真小气,告诉我一下又能怎么样？"

"我不是说过了吗，她不会告诉你的，"目黑折返回来，抓住犬饲的手腕说道，"这种地方是不会告诉我们的，我们必须要自己想办法。"

"切，真是没办法。"犬饲厌恶地瞪了尚美一眼，极其不情愿地走向了电梯间。

但是那群男人并没有都回房间。一位戴着红色针织帽的身材矮小的男人和一位骨瘦如柴的男人留了下来。他们坐在大堂的沙发上，彼此间并无交谈。红帽男注视着前台方向，排骨男则一直盯着饭店大厅的正门。

尚美轻轻地问站在自己旁边的后辈接待员："TACHIBANA-SAKURA 是什么人物啊？"

后辈挠了挠头，说道："这个……我也不清楚，不如我们上网查一下吧。"

"就这么办。"

尚美回到了饭店后面的办公楼，打开电脑连上网。用TACHIBANASAKURA 一检索，就得到了答案。

原来她不是什么不为人知的偶像，而是一名作家。除了性别和出生日期以外，其他信息都是非公开的。名字用片假名表示，是不是真实姓名也无从判断。今年春天发表了处女作，而且还拿到了有名的新人大奖。看到这里，尚美想起了好像听人说起过她的书很好看，销量也非常高。虽然大致被归在青春小说的范畴里，实际上有很多激烈的性爱场面的描写，据说这一点也是她大受欢迎的真正原因。从出生日期来看，她才二十七岁。

原来那群家伙的目标是——女作家。

尚美在电子屏幕上重新确认了一下预约名单，并没有发现TACHIBANASAKURA。但是他们好像很确定作家会住在这里，所以才舍得花大价钱追过来。这么看来，这个TACHIBANASAKURA可能真的会入住这里。

即使如此，只知道性别和年龄，为什么那群人就会对这个作家如此着迷呢？难道她的作品真的有那么优秀吗？

尚美关上了电脑，回到前台。环顾了饭店大堂一周后，尚美不禁大吃一惊。目黑和犬饲也出现了，他们几个人分散坐在大堂的各个角落。每个人的眼神都很认真，他们是在等待TACHIBANASAKURA的出现吧。可是他们连作家的样子都不知道，怎么等呢？

再看看那几个男人，手中都握着手机，而且没有用手机在做什么，一旦有年轻的女性经过，他们好像就会和手机上的画面进行对照。

时间一分一秒地过去，前来办理入住的客人渐渐多了起来。但是尚美却一直很留意那几个男人。他们时不时交换位置，已经持续观察了两个多小时了。

把前台业务暂时交给后辈接待员后，尚美离开了前台。她通过员工专用通道从后面绕了一圈，来到了大堂的一个角落。这个位置对于前台和盯着正门看的男人来说，是一个死角。

尚美做出环视饭店内运行情况的样子，从背后慢慢走近了红帽男。那个男人坐在沙发上，手中依然握着手机，眼睛直勾勾地盯着饭店正门。尚美站在他的背后，看清了手机画面。正如尚美所想，手机的液晶屏幕上是一位女性的照片。而且，是一个令人眼前一亮的美女。小巧的瓜子脸，眉眼很立体，像是欧美混血儿。但是，说不清哪里又给人一种质朴的感觉。

尚美悄悄离开了红帽男，又慢慢向犬饲背后靠近。犬饲仰靠在沙发上翘着二郎腿，手机举起的高度和脸部一致。只要站在他的后面，很容易就能看到手机上的画面。

画面上显示的，是和红帽男的手机里一样的照片。这下可以确定他们正在找寻照片中的女性。虽然不知他们是从哪里搞到的，但这应该是 TACHIBANASAKURA 的近照吧。拥有如此美貌，也难怪这群男人会这样疯狂地着迷了。

那么，该怎么办呢——

尚美在返回前台之前先去了一趟办公室。看见了前台经理久我前辈。他是尚美所在工作部门的负责人，此时正站在那里翻着文件夹。

"久我前辈，能打扰一下吗？"

"发生什么事了？"久我原本柔和的脸上，出现了警戒的神情。

尚美开始向久我介绍事情的始末。听到一半时，久我就开始撇嘴了。

"什么嘛，又有一群麻烦的家伙坐在大堂不走了。"

"我们该怎么办呢？"

"虽然很困扰，可我们也没什么办法。毕竟他们也没有影响其他客人，不能因为他们长时间待在大堂我们就加以阻止。"

"但是，一旦那位女作家出现了，真不知道他们会做出什么举动呢。"

"冲上去围住女作家，索要签名，请求握手之类的吧。"久我猜测道。

"很有可能。"

"那就继续观察吧，到时候根据他们的行动我们再采取措施。不是只有五个人吗，他们也闹不出太大的动静。"久我不愧是现场的负责人，面对这种情况还是很镇定沉着的。

"知道了，我们静观其变吧。"

"但是，"久我面带愁容地说，"如果有我们能提前准备的工作，还是早点下手为好。"

"提前准备的工作？"

久我来到屏幕前弯下腰，熟练地操作起来。调出预约名单后，一边快速查看一边向下拉着页面。

一会儿，久我停止了动作，说道："哈，就是这个喽。"

"是什么？"

久我用手指指着画面某处。预约人的名字是"望月和郎"，预约了一间豪华双人房，从今天开始一共四天。

"你看看这个预约的支付方法，是要求把账单寄给一桥出版社。"

"是那个著名的出版社吧。"

"而且住宿人的名字是'玉村薰'，不是预约人本人。以前出版社曾经多次用这种方式预约房间。都是连续住上好几天。隐约听房间清理人员说起过，好像是作家在进行封闭式写作。届时会把大量的手稿等资料拿到房间里。"

"啊，"尚美点着头说，"我也听说过这种事。"

"最近已经很少有人这么做了，所以你可能不是很清楚。你去调查一下那位叫 TACHIBANASAKURA 的作家的作品，是不是和一桥出版社关系很密切。"

尚美立刻在网上查询，结果不出久我所料。那位 TACHIBANA-SAKURA 所获新人奖的主办方正是一桥出版社。

"看来就是这样，"久我双手交叉抱在胸前，"不知道'玉村薰'是不是她的真名，反正那位叫 TACHIBANASAKURA 的女作家确实是要来我们饭店进行封闭式写作了。"

"那我们怎么办呢？"

"刚才我也说过了，基本上我们只能暗中保护她。但是，这种连续多天入住的客人是很宝贵的。那个叫作 TACHIBANASAKURA 的作家，也许以后还要进行封闭写作，所以我们饭店要给她留下一个安全、方便的好印象。如果那些不知是粉丝还是什么的人打扰到她，甚至再出点乱子，那么她下次很可能就换到别的饭店了。"

"我也有同感。"

"为了不引起混乱，最好就不要让 TACHIBANASAKURA 出现在那群家伙的面前。这个叫望月和郎的人，应该是作家的经纪人吧。也许是这个人来办理入住手续，那么在办手续期间，最好让 TACHIBANASAKURA 在别的地方等待。"

"那就跟望月先生商量一下吧。"

"我也觉得这样比较好，这件事能交给你吗？"

"当然可以。"

"那么，就按照这个方案实行吧。"久我起身，走出了办公室。尚美立刻准备联络望月和郎。他的联系方式在预约时已经记录过，是一个手机号码。

电话响了好多声后，终于接通了。

"啊，喂………"电话那头传来了望月疑惑的声音。

"我是东京柯尔特西亚饭店客房部的山岸，不好意思，请问是望月和郎先生吗？"

"是的，我是望月。"

"非常感谢您这次预约我们的饭店。有些事情想和您商量，您现在有时间吗？"

"可以是可以，是出了什么差错吗？"

"没有，不是那方面的问题。有一些情况，我们认为事先知会您一下比较好。"

"哦，要不当面跟我说吧。我刚刚到达你们饭店。"

尚美吃了一惊，不禁脱口而出："您现在在哪儿呢？"

"就在你们前台附近。"

尚美有些慌了，前台可不是谈论这种内容的好地方。

"我知道了，那我马上过去。"

"那我直接到前台就可以了吧。"

"对。"

"好的。"

在确认对方挂断电话后，尚美也放下了话筒，然后迅速走到前台，观察起四周的情况。有一位穿着茶色大衣的男士正朝这边走过来。

"您是望月先生吗？"尚美问道。

"是的，是您刚才给我打电话的吧。"

"是我，刚才真是失礼了。"

"是有话要跟我说吗？"

"是的，但在此之前有件事情先要和您确认。有一位即将入住我们饭店的人，登记的名字是玉村熏，您是和这位一起的吗？"

就是这件事啊，望月觉得有些小题大做似的微微点了点头，说道："那个人稍后过来。我想先过来代办入住手续，这样不可以吗？"

"不是，没有问题，那么玉村客人大概什么时候过来呢？"

"应该马上就过来了吧，"望月看了看自己手腕上的表说道，"我们约好了在那边那间咖啡店见面。"说着指向了大堂里的露天休息室。

尚美心想，糟糕了，这下要被目黑和犬饲撞个正着了。

"有什么不妥吗？"望月有些警觉地问道。

"没有，望月先生，您预订了一间豪华双人房，从今天开始一共住四个晚上，对吗？"

"是的。"

"那么请您填写一下登记表。"尚美说着把一张住宿登记表递给了望月，同时也吓了一跳。因为尚美注意到在大厅里面徘徊的目黑等人的目光，正盯着前台。

他们一定是早就知道望月和郎就是 TACHIBANASAKURA 的经

纪人。

尚美迅速在头脑中盘算着对策。她拿起一旁的便签纸，开始在上头写着什么。

"这样可以了吗？"望月把住宿登记表递给了尚美，住宿人一栏中赫然写着"玉村熏"的名字。

"可以了，那个，望月先生，能麻烦您帮我确认一下这个吗？"尚美说着把刚才的便签纸放到了他的面前。

便签上写的是："千万不要向后看！听我说！"

望月吃惊得瞪圆了双眼。

"这次要入住我们饭店的客人，实际上是不是这个人？"尚美在便签纸的角落上写着"TACHIBANASAKURA"。

"欸？"望月的身体倾斜了一下。

"如果不是的话，那就什么问题都没有，但如果是的话，我有些情况想要告诉您。"为了不让目黑等人产生怀疑，尚美说话时脸上一直挂着饭店前台接待员招牌式的微笑。

望月的眼神一时之间有些迷离，过了一会儿，舔了舔下嘴唇说："发生什么事了？"

"果然是那个人吗？"

望月脸上浮现出了痛苦纠结的表情，眨了几下眼睛，说道："我必须要回答你这个问题吗？"

从望月的立场和身份出发，他是不能回答这个问题的。

"我知道了，您可以不用回答。我先把目前的情况告诉您。饭店大堂里有五个男人，已经守了两个多小时了，他们的目的应该就是要见这个人，"尚美说着，指向了便签纸上写着的"TACHIBANASAKURA"，接着说道，"现在，那群男人的视线正集中在望月先生您的身上，请无论如何都不要回头。"

望月听了尚美的话，正在往后转的头立刻停住不动了："那些人真是麻烦啊。"

"如果不发生什么混乱，那就皆大欢喜，但以防万一，我还是事先跟您说一声。"

"谢谢。可是，该怎么办呢？"望月思索起来。

尚美办理着入住手续，心里却不禁担忧起来。为什么望月不赶快给TACHIBANASAKURA打个电话呢。还在这边磨磨蹭蹭的，一会儿她本人出现在咖啡店里不就大事不好了吗？

"房卡，现在给您吗？"

"嗯，啊！还是算了，"望月轻轻摇了摇头，"直接给本人吧，一会儿有一个叫作'玉村薰'的人过来，把房卡直接给那位吧。"

"本人？这样好吗？"

"没关系，呃，你的名字是YAMAKISHI，是吧？"望月看着尚美的名牌确认道。

"是的，我叫山岸。"

"你能在这里待多久？我是指，在前台这里。"

"我吗？大概能待到五点左右吧，有什么事吗？"

"有些事情想对你说，能换个地方面谈吗？"望月提出了借一步说话的要求。

"对我说吗？"

望月点头，从上衣兜里掏出一张名片，递给尚美，说道："五点以后都可以，等你有空的时候请给我的手机打电话。"

应该是有什么隐情吧，尚美答应望月后迅速把名片收了起来。

望月转身朝饭店大门走去，边走边掏出了手机。应该是准备联络TACHIBANASAKURA吧。而目黑等人的目光一直都没有离开过望月。最后排骨男和红帽男直接站了起来，看来是准备跟踪望月。

可是没过一会儿，两个人又回来了。看他们垂头丧气的样子，应该是跟踪失败了。

在距离五点还有十分钟的时候，一个男人来到了前台。男人戴着金边眼镜，身材有些臃肿，年龄应该在五十岁上下，提着一个巨大的手提包。那人看了看尚美的名牌，又看了看她的脸，怯生生地开了口："呃，我是……MURA。"

"什么？不好意思。"尚美表示没有听清楚，向前倾了倾身子，把手放到了耳边。

"我叫玉村，玉村熏。"

这次听清楚了。但是把眼前这个人和自己脑海中的"玉村熏"合二为一，再到反应过来他即将入住望月预订的房间，足足花了尚美好几秒钟。

"哦，您就是玉村熏客人啊。"

"嗯，"男人点了点头，说，"望月给我打过电话了。"

看来应该是没错了。尚美挥手把一旁的服务生叫了过来，又把事先已经准备好的房卡递给男人，对他说道："非常感谢您入住我们饭店。"

"房间的清扫，请在上午十一点到正午之间完成，其余的时间我一直都要用房间。"

"知道了，我会转达给相关负责人的。"

"那就拜托了。"

尚美目送了在服务生的指引下走向电梯间的玉村熏。然后忽然想起了什么似的，心里一惊，赶快又把目光转向了还在大堂里的目黑等人。

那群人的行动没有任何变化，还是紧紧盯着饭店正门和前台两个地方。

2

　　白班和晚班的交接是在下午五点。尚美交待好工作，在通往办公楼的通道里给望月打了电话。这次他马上就接起了电话，并且表达了歉意："不好意思，提出这么无理的要求。"

　　"没有，没关系的。比起这个，刚才我好像看见大厅里有两个男人跟着您出去了。"

　　"这个我也注意到了，所以叫了辆出租车，把他们甩掉了。"

　　"那样就好。"

　　"那个，山岸小姐，你可能觉得很多事情都很奇怪。比如说'玉村熏'的事情。"

　　"要说奇怪，不如说有些吃惊。"

　　"包括这件事在内，有几件事情想要向你说明。等会儿能见个面谈谈吗？我现在已经回到饭店附近了，你说一个地点，我马上过去。"

　　"我明白了，那么——"

　　尚美提议和望月在饭店的办公楼见面。办公楼建在饭店旁边，只隔着一条狭窄的道路，挂着东京柯尔特西亚别馆的牌子。

　　望月没有反对，按照尚美的提议约好了在办公楼门前见面。

　　尚美刚到达约定地点没多久，望月就赶到了。一层的接待室正好空着，尚美就带望月去了那里。虽然叫接待室，其实里面只简单地摆着沙发和一张桌子，房间并不大。

"玉村薰是他的真名，"望月刚刚坐下便打开了话匣子，"目前居住在埼玉县的川口。看起来有点显老吧，其实不过四十多岁。"

"他就是……那位作家吧？"听了尚美的问题，望月猛地挺直了后背，回答道："是的。"又做了一个深呼吸，说，"他的笔名叫TACHIBANASAKURA。"

尚美有些惊讶，连眨了几下眼睛，问道："对我公开这件事没关系吗？"

"你总归是会知道的，"望月眯着眼睛，撇着嘴说，"刚才办理入住的时候，我有一瞬间犹豫过。考虑要不要我先拿了房卡，再转交给玉村。但是你已经知道房间号了，只要向打扫房间的人稍微一打听，就会知道住在房间里的人不是二十多岁的女性了。"

"关于调查客人的隐私的事情我们是——"尚美还没说完，望月就开口说道："我相信你们不会查客人隐私。但是谁也不知道会发生什么事情，所以我想倒不如索性把一切都告诉你，然后请你帮助我们，这样会更有利于事情的发展。"

"帮忙……吗？"尚美对望月的话显得有些疑惑，"您希望我做些什么呢？"

"非常简单。用一句话来说就是将 TACHIBANASAKURA 保护起来，不让他的真实形象暴露。也许您已经有所了解，对外界来说他是一位二十七岁的女性，其他的一切信息都是保密的。"

"好像是这样，应该叫他蒙面作家比较贴切。"

"说这些听起来像是借口，但实际上刚开始我们也被骗了。他投来的应征稿件上清清楚楚地写着女性。看了他的作品后我们非常激动。描写的内容既有趣又能唤起读者的性兴奋。果然最后他的作品众望所归地夺得了大奖。我们通过电话联系他时，接电话的也是一个可爱的女声，这下我们更加沸腾了。"

"可是实际上却是……"尚美猜测着。望月皱着眉头，瘪着嘴点了点头，接着说道："等我们终于见到本人时，却大失所望。也就是你看见的那位大叔。他说他在自我简介里撒了谎，认为这样更容易获奖。接我们电话的，是他的高中生女儿。他还说不行的话可以退回奖项，虽然他这么说，可是这怎么行呢。和编辑部商量之后，我们想出了这样的办法，将计就计利用这些制造出一个卖点，也就是说把他包装成女性蒙面作家，让他出道。"

"你们的计划好像成功了。"

"计划进行得很顺利。我们成功地制造了话题，他的获奖作品也大受欢迎。而且他随后推出的新作品也登上了销量 NO.1 的宝座，我们真是要笑得合不拢嘴了。"

"这不也挺好的嘛，但有件事很不可思议呢。"

"什么事？"

"在大厅里那五个男人，都拿着一张女性的面部特写照片，那到底是谁的照片呢？"尚美歪着头，想不通了。听到这里，望月的表情更严肃了，拿出了自己的手机操作起来。

"他们拿的照片，是不是就是这一张？"望月将手机拿起，屏幕对着尚美。

望月手机里的画面，确实和黑目等人手机中显示的一样，尚美点点头。

"这个是个失败作品，是我们一时得意过头了。"

"怎么回事？"

"随着 TACHIBANASAKURA 人气的不断升高，关于她容貌的猜测，在网上也变成了热门话题。但是其中有很大一部分言论说

TACHIBANASAKURA 实际上是个丑八怪，所以才不敢露脸。刚开始我们对此没有过多理会，可时间一长，总是觉得有些不甘。"

"不甘？"尚美觉得很奇怪，看着望月说，"可是，他又不是真的女性……"

"虽然是这样，可是好不容易才把他包装成蒙面作家的形象推出市场，总是想给读者们制造出一个美好的幻想对象。这么说吧，关于 TACHIBANASAKURA 的真实身份，在编辑部也只有一小部分人知道，我们把它当作最高机密来处理。所以我们商量着想点办法来对抗网络上的流言。最后想出来的主意是公开TACHIBANASAKURA 长相的一部分。比如说斜后方的背影，或者是在眼睛处打上马赛克等，总之就是让人不能看清全貌，但能够给人制造出一种揭开面纱后应该是个相当漂亮的人的期待感。"

"所以，就公布了那张照片吗？"尚美的眼神瞟向了望月的手机画面。

"就是这样。所谓的照片，其实是用电脑合成的画像，把一些不知名的模特和女演员的眼睛、鼻子随便组合一下。本来准备把画像模糊处理一下，弄到让人看不清楚的程度后再在网络上公布的。可是由于工作人员的失误，上传了加工处理之前的照片。工作人员发现后已经马上删除了，可还是晚了一步。照片已经在一部分狂热分子中间流传开来了。"望月叹了口气，把手机装回了上衣兜里。

"对于广大的粉丝们倒是个意外的惊喜，发现自己的偶像长得如此漂亮。"

"网络上已经沸腾了，为了使事件平息下来，我们也用尽了各种各样的手段，可是对狂热的粉丝丝毫不起作用。不仅如此，有一些极端的粉丝提出了要与 TACHIBANASAKURA 本人见面的要求。最近一段时间，全国的狂热分子们开始互换信息，甚至定期召开交流会。"

那些人肯定也是其中的成员，尚美心里想着，脑海浮现出黑目和犬饲等人的样子说："这个世界上真是有些奇怪的人呢。"

"都是些怪人，可这些人团结在一起的力量却不容小觑啊。别的不说，他们连是我担当 TACHIBANASAKURA 经纪人都查到了。前几天，还往我的家庭地址寄了一封请愿书，说是要求 TACHIBANASAKURA 出演电视剧。"

"还有这样的事啊……他们是怎么查到的？"

"这个嘛………"望月也百思不得其解，"这次封闭写作的事情也一样，在我们编辑部内部也只有一部分人知道，可是……"

"那为什么要让玉村熏封闭写作呢？"

面对尚美的疑问，望月脸上露出了一丝苦笑："这个嘛，如果他再不写出来我们就麻烦了。我们本来谈好了一篇短篇小说。可是交稿期限已经过了，他还完全没有完成的意思。TACHIBANA-SAKURA 的新作可是我们这个月新刊的杀手锏，绝对不容有差错的，我们现在也急得像热锅上的蚂蚁呢。算上今天，就只剩下四天了，在此期间他无论如何都要完成的。可是玉村熏这个人，一旦脱离了控制马上就找不到人影了。我们实在是没有办法了，才把他软禁起来的。"

"可是，他在饭店里也可以随时溜走啊。"

"你说得没错，所以我必须不定时地检查。对了，请等一下。"

望月又从兜里掏出了电话，按了几下后把电话放在耳边，"嗯，我想和住在你们饭店 1205 房间的玉村先生通话。我叫望月，"望月好像给饭店打了电话，电话似乎接通了，"啊，玉村先生，辛苦了。我想看看进行得怎么样了……啊，是吗？那我就放心了，继续拜托你了……是的，就这件事，请保持这个进度继续努力吧，好的，再见。"

望月挂断了电话，回头对尚美说："他应该一直在房间里写作呢。"

原来如此啊，尚美明白了。只要往饭店房间里打电话，就能从外面确认他是否在房间里了。

"编辑的工作也很辛苦啊。"

"我们就跟动物饲养员一样，"望月一脸认真地说着，"要了解每个人的性格，还要一边哄着一边安慰着与他们相处。"

对于望月的这个比喻，尚美没好意思发笑，便随意附和了一声。

"事情的始末我已经完全清楚了。接下来需要我们做什么呢？您刚刚说不能让 TACHIBANASAKURA 的真实身份暴露，依照目前的情况，应该不用太担心。在大堂里蹲守的那群人，好像对照片上那个美女的存在深信不疑。"

望月缓缓地摇了摇头。

"我刚刚说过了，绝对不能小看那群家伙。为了见到梦寐以求的麦当娜，他们会不择手段的。而且他们可能不止五个人。很可能还有其他同伙，秘密在饭店内外活动着。最糟糕的情况就是房间号的泄露。一旦泄露了房间号，他们很有可能伪装成饭店工作人员直接去敲门，如果玉村再一不小心把门打开……知道真相的他们肯定会非常激愤，然后在网络上公开这件事。如果事实被公开，TACHIBANASAKURA 的人气和形象一定会大受打击的。啊，可能不仅仅是这样，他们会把怒气发泄在玉村身上，很可能伤害他。"

尚美听到这里，倒吸了一口气，说道：

"一定要避免这样的事情发生啊。"

"是吧。本来我们也在想要不要换一个饭店。可是正好赶上三连休，我们又要住上好几天，基本上所有的饭店都客满了……只好在这里坚持下去了。"

"玉村先生知道那群狂热的男粉丝吗？"

望月摆了摆手："我们没有对他本人详细说明，因为不想让他卷进这种奇怪的纠纷当中，也不想这种事妨碍他专心写作。"

"这样啊……"

"首先，无论发生什么事情都请保守这个秘密。再则，如果玉村先生有任何反常的举动，请及时通知我，拜托了！"望月朝着尚美深深鞠了一躬。

看着这样的望月先生，尚美心里想，还不如做动物饲养员呢。

尚美回家前又去前台后面的办公室看了一眼，发现久我还在那里，就简单向他汇报了一下和望月的谈话内容。

"蒙面女作家的真实身份是一个大叔啊，这对于出版社来说还真是最高机密呢。"久我饶有兴趣地说，"知道了，我会跟晚班和夜班工作人员也说一下这个情况。"

"也不知道那群男人接下来会采取什么行动呢。"

"那群宅男啊。嗯，真是无法想象。站在我们的立场，也只能随机应变了。"

"是啊。"尚美含糊地点了点头，心想，只要能立刻解决，应该不会有什么大问题。

3

第二天上午九点，尚美来到饭店，准备和夜班人员交接。听说昨晚没什么事，就先松了口气。

尚美站在前台环顾了一遍大堂，没有发现目黑等人。也许是因为不论怎么严盯死守都见不到 TACHIBANASAKURA，于是放弃了吧。

这时望月从饭店的电梯间走了出来，尚美看到他，便冲着他微微点了一下头。

随后尚美离开前台，朝着望月离开的方向追了过去。"发生什么事了吗？"尚美小声问道。

"我来给玉村送早餐，顺便确认一下稿件的进展，似乎还进行得挺顺利。"

"您去了他的房间吗？"

"是的，不过没关系，我上去的时候电梯只有我一个人。"望月表示自己应该没有被跟踪。

"今天确实没有见到那群男人。"

"好像是这样。但请不要放松警惕，因为不知道他们还有什么计划。"望月说了句继续拜托，就离开了。

尚美随后返回了工作岗位。虽说心里还记挂着这件事，但因为不知道对手会怎么出牌，也无从应对。

　　过了上午十点，办理退房的人多了起来。饭店大堂也热闹了许多。但是那群男人依然没有现身。这种情况反而有些不正常，他们应该今晚也住在这里的。

　　就在这个时候，有一个人出现在饭店大堂并横穿过了前台，尚美定睛一看，不禁大吃一惊。正是那位玉村薰先生。他穿着一件夹克，弓着背从饭店大门走了出去。尚美不禁想，他要去哪里，应该会马上回来吧。

　　不过话说回来，谁能料想到这个看起来有些愚笨的中年大叔就是目前人气爆棚的恋爱小说家？昨天晚上，尚美在回家途中顺便去了趟书店，找到了TACHIBANASAKURA的处女作，并买了下来。本来是抱着随便看看的心情读了起来，没想到完全被刺激的故事情节和令人目眩的美妙性欲世界的描写所吸引，不由自主地一页接着一页看，根本停不下来。读完整本书发现已经是第二天的凌晨了。尚美终于明白了为什么TACHIBANASAKURA的人气如此之高了。

　　正在尚美回味着小说的内容时，旁边的后辈的叫声把她拉回了现实世界。尚美一下子回过神来，发现自己面前正站着一位女客人等待办理退房手续。尚美向客人表达了歉意，接过了放在柜台上的房卡，开始为其办理手续。退房业务告一段落的时候，久我把尚美叫到了办公室。

　　"就在刚才，宅急便送来了这个东西。"久我说着把一个扁平的纸袋递到了尚美面前。单据上的收件栏写的是饭店的地址和名称，收件人写的是"TACHIBANASAKURA（一桥出版社望月和郎预约）"。寄件人写的是另外一家出版社和一个男人的名字。邮寄内容写着"书籍"。

"这个大有可疑。"

久我点头表示同意："但是怎么办呢？也许这个和那群宅男没有关系，真的是要邮寄的物品呢。还是和本人确认一下比较好吧。"

"但是望月先生说过，不想让他本人卷入这些混乱中。而且，我想现在玉村熏先生也不在房间里。"

尚美又把自己目击玉村离开饭店，目前未见返回的事情和久我描述了一番。

"还是跟望月先生商量一下吧，因为他说发生任何事情都要知会他。"尚美说着掏出了手机，从通讯录里找出望月的名字，拨了过去。

望月应该也记录了尚美的电话号码，接起电话直奔主题："你好，我是望月，是玉村那边有什么情况吗？"

尚美说了宅急便的事情，望月"嗯，嗯"地应和着，然后说："那个东西太可疑了。玉村和那个出版社根本没有交集。如果是单纯的送书可以直接寄到家里。再说，玉村在饭店封闭写作的事情其他出版社的人应该不可能知道。"

"那么，我们该怎么办呢？"

"暂时什么都不要做。我先瞒住具体情况，和本人确认一下。"

"好，知道了。"尚美挂断了电话，又向久我转述了望月的话。

"果然还是宅男团体搞的鬼，可是他们寄来这种东西目的何在呢？"久我拿着纸袋，摇晃着脑袋。

"难道说，"尚美说出了脑海中一闪而过的念头，"是窃听器之类的？"

久我惊讶得瞪圆了眼睛："原来如此……"脸上的表情似乎在说这很有可能。

如果真的是这样，那刚才尚美两人的谈话内容应该已经被偷听了。

尚美开始回想刚才谈话的内容，虽然提到了玉村这个名字，但是关于他是男性，住在哪个房间之类的信息只字未提。

久我好像也在回味，一时间没有说话。久我手里拿着纸袋，眼睛滴溜溜地观察着周围，最后把纸袋放进了靠墙的柜子里并关上了柜门。

"这样行吗？"尚美小声问道。

"比起放在外面总是要好一些吧。"久我也一样低声地回答。

这时尚美的手机响了，是望月打来的。

望月在那头说："已经跟本人确认过了，他果然说没有任何印象。现在他正在专心写作呢，不希望被别人打扰，我现在出发过去拿吧，我到之前能寄存在你们那儿吗？"

"这个当然可以，可是关于里面的东西我们有些担心……"尚美把电话贴近嘴边，又用手捂住嘴巴说出他们的怀疑。

"这样啊，这一点我倒是没想到。"这显然也出乎了望月的意料。

"我们该怎么办呢？"

"那就尽量帮我保存在人不容易靠近的地方，我这边工作一结束就过去取。"

"好的。"

"那就拜托你了。"

"那个，望月先生，"尚美问出了自己心中的疑虑，"玉村先生，他在房间里吗？"

"在啊，除了打扫房间的时候，他从早到晚都在房间里写作。"

"从早到晚一直都在？"

"是啊，有什么问题吗？"

"不，没什么事，失礼了。"

挂断电话后，尚美向久我转达了望月的要求。

"尽量放在没人靠近的地方啊，哪里好呢？"久我摸着下巴说。

"办公楼的会议室怎么样？如果在门口处贴上告示，应该就没有人会靠近了。"

久我赞同地打了个响指："就这么办。确认一下会议室的使用安排表，把东西放到没人用的房间。"

"好的。"

尚美从柜子里取出纸袋，离开了办公室。走在员工专用通道上时，尚美想起了上午在前台看到的一幕。

上午穿着夹克衫走出饭店大门的人，确实是玉村熏。一定不会看错的。那么他离开之后，是不是马上就返回了呢？也许只是自己没有看到他回来。

来到办公楼确认二层的会议室今天没人使用后，尚美把东西放到了会议室的桌子上，并在门口贴上了"禁止入内"的告示。

随后尚美返回前台，继续处理日常业务。过了下午两点，前来办理入住的客人又多了起来。

尚美正办理着业务，站在旁边的久我轻轻拍了她一下。尚美转过头，看见久我正看向远处，嘴唇微动嘟囔着什么。好像是让尚美往那边看。

尚美朝着久我视线的方向看了过去，发现了那个五人团体。

这五个人连成一串朝一个方向走去。尚美的视线随他移动着，发现他们没有从饭店正门出去，而是从大厅侧面的一个出入口走了出去。

这群家伙究竟要去哪里呢？

尚美和久我对视了一下，久我歪着脖子，小声说道："刚才接到了警卫室的联络，说是监控录像里拍到了一群可疑人员。我去看了一下。"

"是那五个人吗？"

"是的。"久我点着头说。

"可疑？他们做了什么？"

"他们在饭店的各个楼层徘徊游荡，慢慢悠悠地。"

"所有的楼层……他们应该是在找 TACHIBANASAKURA 吧。"

"可能是吧。他们是希望在走廊里能够偶遇吧，一般人会这么想吗？"

"果然是一群怪人。"

"他们只是在各层走动，我们也不能加以阻止。我已经通知警卫继续留心他们的动向了。"

又过了一小时左右，那五个人又回来了。看了他们的表情后尚美不禁有些奇怪。他们中间笼罩着一种喜悦的气氛。就连面无表情的目黑，也时不时露出笑容。

他们手里提着便利店的袋子。因为离得远，看不清袋子里面的内容，应该是准备在房间里吃顿迟来的午饭吧。

"那群家伙到底在干什么？"久我在尚美的耳边念叨着。

尚美也只能歪着头，无从回答。

此后，并没有发生什么特别的事情。只有望月打来了电话，说因为工作原因稍晚再来取回宅急便的东西。

忙忙碌碌之间，时针即将指向五点，到了白班和晚班交接的时候。尚美整理好了交接资料，正准备回办公室时，看到一个人从饭店正门走了进来。她大吃一惊。那个人正是玉村熏。他神色慌张地穿过大厅，消失在了电梯间。

尚美目瞪口呆地送走了玉村。这到底是怎么回事，望月不是说他一直都待在房间里吗？难道这次也是只出去了一小会儿，只是自己没看到？

正在尚美百思不得其解，准备先回办公室时，那个五人组从电梯间走了出来。尚美真是觉得心惊胆战，担心这五个人会和刚才的玉村撞个满怀。不过仔细一想，他们好像都不知道对方的存在。

由目黑打头阵，那群男人来到了前台。尚美微笑相迎，问道："请问有什么事吗？"

目黑把两间房的房卡放到了前台上。

"我们今天晚上也要住在这里，但想换换房间。"

尚美保持微笑做出了迎战的架势："请问现在的房间有什么不妥吗？"

"没什么问题，只是我们想换到那边的房间。"黑目话音刚落，后面又传来了犬饲的声音，"如果需要加钱也无所谓。"

"那你们是想提高房间的等级？"

"差不多吧，"黑目说，"虽然不知道那边的房间是什么样子，但应该有很多特别之处吧。"

"您说的那边的房间是指？"

"就是饭店的别馆，"犬饲再次插嘴道，"旁边的那座楼。"

"欸？"尚美越来越糊涂了，"到底是什么意思？"

"就是说，"犬饲一边嘟囔着一边走上前，"我们要换到别馆那座楼的房间。"

"住到别馆……吗？"

"对，只要我们付得起钱就没问题吧。"

这时五个人都用同仇敌忾的眼神瞪着尚美，迫不及待地想让尚美尽快满足他们的要求。

尚美了解了他们的想法后，真是想笑出声来，可是她不能这么做。她向五人解释道："非常抱歉，我想你们可能误会了。除本饭店外，别的建筑物里都没有提供用于住宿的房间。"

"欸？为什么啊？楼上的牌子明明写着'东京柯尔特西亚别馆'的。"目黑撅着嘴不满道。

"里面设置的都是饭店的管理部门和事务部门，别说供客人住宿的房间了，连餐饮店和零售店这样的设施也是一概没有的，由于牌子的原因给您造成的困扰，我们深感抱歉。"尚美解释了一通后，深深鞠了一躬致歉。

这五个男人听了尚美的话，惊愕得齐刷刷地半张着嘴。他们应该是在来前台之前鼓足了勇气的，最后满怀期待却扑了个空，现在也无计可施了。

"请问这样的解释能够得到你们的理解吗？"尚美问道。

"那边真的是一间客房都没有吗？没有任何一位客人住在里面是吗？"目黑仍然执拗地追问。

"没有，一位客人都没有。"

这五个男人面面相觑，每个人都愁眉苦脸的。

"那，就算了吧。"目黑说着，和其他四个人朝着电梯间方向走去。

看着他们渐渐远去的背影，尚美心里暗想道，应该和那个宅急便快递有关系吧。因为那个纸袋正放在"东京柯尔特西亚别馆"的会议室里。

尚美正想得出神时，望月打来了电话。他说工作暂时告一段落，现在过来取那个快递。望月的时机把握得真好。和昨天一样，两个人约在办公楼的门口见面。

和晚班的工作人员交接完后，尚美就来到了约定的地点等待望月。望月准时出现了，尚美把他带到了二层的会议室。

"这个东西确实大有可疑啊。"望月手里拿着纸袋说道。

尚美小声向望月转述了刚才和目黑等人的对话。

"他们想要换房间……这样啊，"望月思考着，不住地点着头，然后把纸袋放进了自己的公文包，"我一会儿去一趟秋叶原。"

"秋叶原？"

"我去问问无线电和窃听器的专家，把这个东西给他们看看。山岸小姐，你要回去了吗？"

"我今天的工作倒是结束了……"

"这样啊，能等我一个小时吗？一小时之后应该就有结果了。"

"我知道了。那我等着。"

在等待望月的这段时间，尚美在员工食堂吃了晚饭。刚吃完饭没多久，望月就打来了电话，两人约在了刚才见面的地方。

"你估计得不错，"望月一见尚美就开口道，"装在纸袋的书里确实动了手脚。不过不是窃听器，而是一个发报机。利用频率的探测再使用接收机去接收信号，从而实现定位的效果。"

"啊，所以他们才想换房间。"

目黑等人的行为终于有了合理的解释。他们徘徊在饭店各楼层也能理解了，就是在利用接收机寻找发报机的位置。

"这群家伙，一定是探测到了快递的纸袋在这座楼里，所以推断 TACHIBANASAKURA 一定也住在这里的吧。"

"这么一说，刚才那些人从外面回来的时候，莫名地兴高采烈，也一定是因为他们以为已经找到了梦寐以求的女作家所在的位置吧。"

"多亏了你提前通知我，接下来也拜托了。"

"能够帮上忙我也很高兴。您接下来准备去哪里？"尚美问道，因为望月手里提着一个大大的白色塑料袋。

"我去给玉村送今天的晚饭。他要是点了昂贵的客房服务，我们可吃不消呢。"

"那您是准备去房间了？"

"是啊，也顺便确认一下稿件的进度。"

"这样啊。"

好像从尚美的表情中看出了什么，望月问道："有什么问题吗？"

"玉村先生确实一直在屋子里工作吧？"

"是的，一步也没有离开过。今天白天我还打了一次电话，好好地待在屋里呢。有什么不对劲吗？"

"没事，就是觉得他也挺辛苦的。"

"是有一点可怜啊，不过也没办法，这也是他的工作。"望月说道。

接着他便向尚美告辞离开了。

4

第二天清晨,尚美很早就来到了饭店,离交接工作还有一点时间,尚美就观察起了大堂内的情况。从刚入职开始尚美就接受了这样的教育:有空就要在饭店内多走走,遇到看似有困难的客人要主动询问,提供帮助。

尚美注意到扶梯旁边好像有个人影。走近一看,竟然是玉村熏。他一只手插在上衣兜里,另一只手拿着手机正在通话。

"我不是说过了吗?因为有别的事情,晚上不行……有点私事……这跟你没关系。我这就过去,你先帮我顶住。……啊,两点钟去八王子的田中先生那儿,我知道,没忘记。那边的事情交给我吧,拜托。"通话结束后,玉村匆忙朝着饭店正门走去,就这样离开了。

尚美这下真是丈二和尚摸不着头脑了,刚才玉村确实说了两点钟要去八王子的田中先生那里,这到底是什么情况?

虽然尚美怎么都想不通,但交接工作的时间到了。尚美回到了前台,一边处理业务,眼睛却总是不自觉地盯着饭店大门,心里一直惦记着玉村什么时候才能回来。

忙碌中,很快到了中午。目黑等人从电梯间里走了出来。他们只住两个晚上,今天应该退房了。

118

目黑等人臭着脸把房卡放到了前台上。目的没有达到，心情很不爽吧。

"请问您消费了冰箱里的商品吗？"尚美走流程似的问了问。

"没有！"对方态度生硬地回答。

尚美心里抱怨道，你们也就是在便利店里消费一下的水准吧。

结算房费后，金额远远低于入住前收取的押金。尚美把找回的大额"零钱"放在托盘上，和收据一起递给了目黑等人。

"非常感谢本次入住我们饭店，期待您的下次光临。"尚美说着，认真地行了感谢礼。

目黑取走了找回的钱。尚美心想，平分这些钱又要花上好半天吧。

正在尚美担心他们会不会再次长时间地坐在大堂里时，他们默默地走出了饭店。这下尚美终于松了一口气。

就在这时，有人从背后拍了拍尚美的肩膀，是久我前辈。

"看起来那群人好像老老实实地撤退了呢。"

"总算不负望月先生所托。"

"终于告一段落了，工作了这么长时间，还是第一次碰到这样的客人，也算长经验了。"久我苦笑着。

一点都没错，尚美同意。可是尚美心里还有一个谜团，那就是玉村熏。他出去之后好像一直都没回来。

趁着工作不忙的空当，尚美给望月打了个电话。她想告诉望月关于那五个男人已经退房的事情。

"这样啊，真是太好了，总算是放心了。"接到了尚美的电话，望月的声音听起来欢欣雀跃，"这样我再去见玉村也不用偷偷摸摸了。"

"今天早晨您和玉村先生见过面吗？"

"见过了啊，每天给他送去早饭和晚饭是我的例行工作。今天早上我是八点半左右过去的，过去的时候他看起来很困倦的样子。"

尚美看见玉村在饭店大堂里打电话的时候，应该是八点半刚过不久。

"玉村先生的工作，进展得顺利吗？"

"嗯，还算可以吧。就在刚才，我还给他打了电话确认情况呢。"

"是打电话……了吗？"

"是啊，他还嫌我烦吼了我一通呢，哈哈哈。"

"您确定是往饭店房间里打的电话，不是手机吧？"

"当然是饭店房间了，打手机有什么意义呢！有什么问题吗？"

"没什么，觉得您也很辛苦呢。"

"哪里哪里，这是我的工作，算不上什么事，多谢你的联络啦。"

尚美说了不客气，之后两人结束了通话。尚美看了看时钟，现在刚过下午两点，虽然听到玉村在电话里说要和人两点钟在八王子见面什么的，说不定他不知什么时候已经回来了，现在在房间里呢。

尚美想得有些失神，但仍感觉到好像有人在靠近，忙抬起头，看见一位穿着灰色西装的年轻男士正朝自己走过来。

"有点事情想咨询一下，这是我的名片。"年轻男士说着，把手伸进了西装上衣的内兜里，拿出了名片。名片上写着炙英社股份有限公司，文字书籍编辑部今村佑二。炙英社是有名的出版社。

"入住在这里的客人里，是不是有一位一桥出版社的……"今村似乎看到了尚美脸色突变，于是中断了讲话。此时尚美的目光，正落在从饭店大门跑进来的一群男人身上，刚才的那个五人组又回来了。

叫今村的男人也回过身，被眼前的情景吓了一跳似的往后退了一步，嘴里还说道："欸？这是怎么回事？"

目黑等人径直跑到了尚美跟前，一把抓住了今村的手腕。

"是炙英社的今村先生吧？"目黑问道。

"嗯，是我……"

"求求你了，请让我们见 TACHIBANASAKURA 小姐一面吧。"

"啊？你在说什么啊？"

"我们是认真的。只要看她一眼就行了。拜托了，让我们见见她吧。"目黑说着跪在了地上。其他的四个人也学着他的样子跪下，齐刷刷地说着"拜托了"。

"喂，你们干什么，不要这样。"今村不由得往后退了几步。

似乎是听到了这边的骚动，警卫队长等人也跑了过来。

"非常抱歉，您在这里做出这样的举动会妨碍到其他客人，能离开这里换个地方吗？"队长对目黑等人说。

"不行，如果见不到 TACHIBANASAKURA 小姐，我们哪儿都不去。"目黑抱怨着。

队长向其他几个人使了个眼色。他们开始一边礼貌地劝说，一边用力地把五人从地上拉起来，带出了饭店大门。

看着他们的离去，今村松了松领带。

"啊，真是吓了一跳，他们是什么人啊？"

"非常抱歉，他们是今天早晨从这里退房离开的客人。"

"我想起来了，曾经听望月说过，有一群 TACHIBANASAKURA 的狂热粉丝聚集在这里，就是刚才那群人吧。"

"您认识望月先生啊？"

今村点了点头，接着说："是望月让我来这间饭店的，他说如果我有工作要找 TACHIBANASAKURA，就直接过去跟她交涉。"

"原来是这样。"

"是的，所以不好意思，一会儿能给 TACHIBANASAKURA 的房间打个电话吗？只要跟她说炙英社的今村来了就可以了。"

"知道了。"

随后尚美拿起了旁边电话的话筒。玉村熏的房间号是1205，尚美一边按键还一边在想，今村是否知道TACHIBANASAKURA的真实身份呢？

就在电话接通的一瞬间，今村把身体探过前台，伸出长长的胳膊，一把抢下了尚美的话筒。动作迅速到尚美都来不及叫出声来。

今村将话筒贴在耳边，一直向后退，直到电话线无法再延长了为止。

"你在干什么，快停下来！"尚美伸出手，但是够不到今村。

"你是TACHIBANASAKURA小姐吧，"电话似乎接通了，今村飞快地说了起来，"突然打扰很抱歉，我是你的粉丝……对，我不是所谓的今村。不过有一点请记住，我会一直支持你的……应该说谢谢的人是我……好的，再见了。"今村淡然地告别后，却仍目不转睛地盯着话筒。

过了一会儿，今村走回前台，把话筒还给了尚美，说："对不起。"

警卫队长又一次神色紧张地跑了过来。然而尚美却微笑着说没关系，然后接过了今村手中的话筒。

"你是那群人的同伙吧，真是完全被你骗了呢……"

"这是我们最后一招了。如果最后真的无法见面，那么只听声音也好。因此我才没有和他们一起入住。"

"声音……你听到了吗？"

"听到了，我也会让大家都听一下的，"今村将手里的东西晃动了几下，原来是一个录音设备，看来他已经把刚才的对话录音了，"她的声音和我想的一样，不，是比我想象中还要悦耳动听。像少女一样的声音。"

"欸？……"

"真是给你添麻烦了。"今村再一次向尚美深深鞠躬。

"以后不要再做这样的事情了。"

"好的，真的对不起。"今村又一次致歉后转过身，向饭店大门方向走去。在那里，又看到了那五个人。今村挥起右手向他们表示胜利。那五个人看到后，集体振臂高呼万岁。

"真是彻底被耍了呢，"久我走近了说，"不过算了，只不过是听听声音。"

"但是太奇怪了。他刚才到底在跟谁对话呢？"

"这么说来还真是啊。"久我挠着头。

尚美仔细想过后，终于确定了一个假设，除此之外没有别的可能了。

尚美离开前台，朝饭店总机接线控制室的方向走去。

5

接近下午六点的时候，玉村从饭店大门走了进来。已经完成了和晚班人员的交接、正在大厅等待的尚美，马上朝电梯间的方向走去。她无论如何都要比玉村早一步到达房间。

电梯停在了十二层，尚美走出来，站定在 1205 号房间的门前，缓缓地敲了门。

门从里面被打开了。里面的人探出头来，看到尚美后，吃惊得睁大了眼睛。

"打扰您的休息了，非常抱歉，"尚美行了致歉礼，继续说道，"有些事情想要确认，能耽误您一会儿吗？"

对方沉默不语，能够感觉到她有一点不知所措。

开门的人大约十五六岁，应该是高中生，比尚美预想的要年轻得多。是一个有些质朴，但不失清新的少女。

这时玉村熏从电梯间出来，带着一脸的疑惑，走了过来。

尚美面向玉村，行了一个礼，嘴里说道："欢迎您回来。"

"发生什么事了？"他问屋子里面的少女。

"有人敲门，我还以为是爸爸回来了……"少女回答。

尚美面带微笑看着玉村，说道："关于房间的使用，有些问题想要确认。"

玉村有些不好意思地咬着嘴唇，微微点了头，说道："那么，请进吧。"

"非常抱歉。"尚美说着和玉村一起走进了房间。房间里摆设着并列的两张床，床的对面有一个写字台，上面放着笔记本电脑和几本书。

少女坐在桌子旁边的椅子上，玉村则坐在了沙发上。

"这个房间是双人房，"尚美没有坐下，站着说道，"虽然说基本上是住两个人，但一个人也是可以预订的。如果是说明一个人住，那么房费是不一样的。这次，预约时望月先生讲明了是一个人入住，可是根据目前的情况来看，我们有理由认为这个房间里实际住了两个人，所以过来确认一下。如果您想从单人入住转换成双人入住，我们立刻为您办理手续。"

"啊，不行，这样的话我们很麻烦。"玉村做出停止的手势说道，"这件事情希望你能对望月先生以及一桥出版社保密。如果需要支付追加费用，我会单独支付。入住的方式能不能帮我们保持当初预约的状态呢？"

尚美交替看着眼前的两个人。刚才少女对着玉村叫爸爸，那么这两个人应该就是父女关系了。这么说来，两个人眼部周围还是很相像的。

"你们是有什么难言之隐吧？"

"嗯，算是吧。"玉村小声嘟囔着。

"如果方便的话，能跟我说说吗？以后你们可能还会以这种形式入住，了解情况也便于我们提供必要的帮助。当然，如果您认为没有必要的话，我也不会勉强。"

玉村面露难色，但还是开了口："你知道多少呢？"

"我从望月先生那里得知的是，作家 TACHIBANASAKURA 的真实身份是玉村先生您。为了使您专注写作，所以在我们饭店进行闭关，就只有这些。但是实际上好像不完全是这样呢。"

玉村点了下头，随即把脸转向了少女，说道："TACHIBANA-SAKURA 的真实身份，不是我，是她。"

"是您的女儿吗？"

"是的，她叫 KAORU。"

"啊，熏这个名字……原来是令千金的。"

"我的名字叫 SOUICHI，怎么看我都不适合熏这个名字吧。"玉村挠着头说。

据玉村说，他的女儿熏只有十七岁。母亲因为生病，在她年幼的时候就离世了。所以她比同龄人要成熟懂事得多，有时候为人处事甚至比他这个做父亲的更加稳重。从小就喜欢读书，在学校里成绩也很好。

后来，熏终于开始尝试自己写小说。因为希望有更多的人能够了解自己的作品，就报名参加了新人作家大赛。随后就收到了出版社寄来的进入最终候选名单的通知。玉村偶然间先看到了那封通知书，大吃一惊，因为他事先完全不知道自己的女儿在写小说。于是他翻看了熏的书桌，找到了印刷好的小说稿件，看了看题目，正是参赛的作品。

"我读了小说，再次震惊了，这根本就是色情小说。"

"不是这样的。"在此之前一直低着头的熏抬头道。

"但是，你的小说里都是一些男女之间做那种事情的描写。"

"那些都是必要的描写。两个相爱的人在一起，很自然地会发生那种行为。爸爸你不是也经历过吗？"

"那你也要有个限度啊。"

"爸爸你根本什么都不明白。私自拆开我的信件，又翻看我书桌里的稿件，真是个差劲的人。"熏更加激动。

"胡说，我只是担心自己的女儿，哪里差劲了？"

看着两人吵得不可开交，尚美连忙开始劝阻："玉村先生，请冷静一下。令千金的心情我能够理解。而且我也读了她的小说，深深地被感动了。对于艺术的欣赏方式和观点，每个人都不一样的。"

玉村垂下了眉头，说道："也许你说得对，可是作为父亲还是多少有些抵触。我不想让世人知道自己的女儿写出了那样的作品。直白地说，我并不希望她获奖，不对，应该是祈祷她不要获奖。"

"但是令千金却获得了大奖一举成名了。"

听了尚美的话，玉村一脸不情愿地点了点头，接着说道："听到她获奖的消息时，我真是觉得眼前一黑。而且出版社的人很快找到家里来了。我就想着怎么才能让他们取消她的获奖资格呢。"

"所以您想到了冒名顶替。"

"没错，我想如果他们知道了是一个像我这样的大叔冒充女性投的稿，一定会取消我们的资格。"

"可是望月先生说过不能取消这个奖的。"

"是啊。所以最终还是获奖了。可是总算不用熏自己出面了。因为望月先生打造了一个叫作 TACHIBANASAKURA 的蒙面作家。"

"也就是说，和望月先生的沟通会谈由玉村先生出面，具体写作的人是令千金，对吗？"

玉村面露怒色，挠着眉头说："这家伙还是高中生，还有很多更重要的事情要做。可是又不得不感谢因为小说的热卖，获得的临时收入，真是左右为难的事情。"

"那这次的封闭式写作呢，没能拒绝吗？"

"因为我们事先约好了会在限定时间内交稿的。可是刚好赶上了熏的期中考试，就来不及了。"

"那不能在家里写吗？"

"如果我说在家里写的话，望月先生每天都会来的。这样我们会很为难。因为我在土木工程公司的本职工作也不能耽误，他每天过来的话很快就会发现写作的人不是我了。"

原来是这样，尚美心中的疑团彻底解开了："所以您和令千金一起住在这里，白天您还可以出去工作。"

"是的，也碰巧赶上了三连休，这样熏也不用跟学校请假了。望月先生早晨和晚上过来时，我就让熏暂时躲在浴室里。"

"真是费尽周折呢，您限定了打扫房间的时间段，也是因为不想让清扫人员发现令千金吧。"

"你说得没错。"

"但是我还有一点疑问。望月先生时常会往房间里打电话。据他所说，玉村先生您每次都接了电话啊。"

"啊，那个呀，"玉村皮笑肉不笑地说，"很不可思议吧，你猜我们是怎么做的。"

"我个人倒是有个想法。"

玉村饶有兴趣地说："说来听听。"

"从外部向饭店里打电话时，首先会由接线员接起。如果接到了希望转接到客房的电话，接线员不会马上转接，而是会先联络住宿的客人，向他通报对方的姓名等信息，并确认是否可以转接。只有当客人同意时，接线员才会把外部的电话转接到客房。望月先生往房间里打电话时也是按照这个流程进行的。玉村先生不在时，就由令千金来接起电话。接起电话后，她就使用手机打电话给另外一个人。当然，这个人就是她的爸爸，玉村先生您。"尚美说着拿起了房间里电话的话筒，然后用空着的另外一只手打开了自己的手机，"打通了爸爸的电话后，她就把接通的手机紧贴在话筒上。"尚美说着，把手机的通话口紧紧贴在了房间电话的接听口上，实际演示了起来。她接着说："这样，无论玉村先生身在何处，都能够随时接听望月先生的电话——我猜得对吗？"

玉村猛地直起上身，双手抱在胸前，感叹道："全部正确。真让我吃了一惊，不愧是专业人员。"

"就在几个小时之前，发生了一件小插曲，"尚美讲述了刚才发生的今村事件，然后说，"因为我是从饭店内部打的电话，所以不会通过接线员而是直接接到房间。那么，从我手里抢走话筒的男人应该直接和这个房间里的人通话了。他说对方是一位声音悦耳动听的女性，为此还很激动——那个时候，你也吓了一跳吧？"

"真是慌张极了，"熏开口说道，"他上来就突然说是我的粉丝，我也不知该如何对应，最后只好说了声谢谢。"

尚美继续说道："他已经很满足了。因为没想到真的能够跟TACHIBANASAKURA通话吧。不过也是因为这件事，让我开始怀疑这个房间里可能还有第二个人的存在。于是我去了接线控制室确认了一下，也就证实了我的猜测，往这个房间里转接电话的接线员说接电话的一直是一位女性。"

玉村晃着头说："真是不得了，你应该去当刑警。"

尚美笑着说："您别开玩笑了。"

"一切都如你所说。我们没有其他秘密了。接下来就要和你商量一下，今天的谈话内容，请为我们保密。"玉村把双手放在膝盖上，低头请求道。

"玉村先生，请您抬起头。"尚美说，"我们饭店是不会泄露客人的隐私的，所以您尽管放心。关于房费的计算方法，我去和上头请示一下。"

"听你这样说，我就放心了。"

"可是，玉村先生，容我多问一句，这种状态您打算维持多久呢？您不觉得总有一天会被发现吗？"

玉村苦笑着撇着嘴说："这一点我也清楚。但在熏高中期间无论如何都不行。至少要隐瞒到她成年吧。那之后，我就打算任由她自己处理了，当然，不知道那个时候她还会不会继续写作。"

"我会继续下去的，"熏开口说道，"我想要写的东西还有很多。"她的语气很坚定。

"我也非常赞成您让令千金自由发展。在那一天到来之前，如果有需要，我们会竭尽全力提供帮助的。"

"你会帮我们隐瞒我们的真实身份吧？"

"当然了，保护客人的面具不被揭开是我们的工作。"说到这里，尚美停顿了一下，歪着头继续说，"不，这次不是客人的假面，而是作家的蒙面……对吧？"

父女俩笑了起来，两个人都带着一种轻松释然的表情。

尚美刚离开房间，手机就响了起来，看了看来电显示，是望月先生打来的。

"本来这件事跟山岸小姐是没有关系的，给你添麻烦了，但还是想知会你一声。"电话那头望月的声音显得很兴奋。

"发生什么事了？"

"真相大白了。把我是 TACHIBANASAKURA 的经纪人，我的个人信息，以及 TACHIBANASAKURA 在饭店封闭写作等消息泄露给那群宅男的是一个间谍。"

"间谍？"

"今年夏天，编辑部招聘的兼职人员里混进来了一个他们的同伙。但他好像还不知道 TACHIBANASAKURA 的真实身份。"

"那怎么查出那个人就是间谍的呢？"

"是他自己主动坦白的。我们正在进行内部调查，他可能觉得早晚都会败露吧。他本人说了虽然没能见到 TACHIBANASAKURA，但达到了一定的目的，已经满足了之类的话。真不知他在说什么。"

尚美心里一惊。望月口中的间谍一定就是那个自称今村的男人了。

但是尚美并没有说出他取得了和玉村熏之间通话录音的事情，因为她还要守护那对父女的假面呢。

"您真是辛苦了。"尚美说道。

"这次给山岸小姐添麻烦了。以后可能还会到你们饭店来封闭写作，希望你能不厌其烦，继续多多关照啊。"

"这个是一定的。期待您再次光临。"尚美挂断电话后，禁不住笑了起来。若干年后的某一天，当望月看到自己一手打造的蒙面作家摘下假面的那一刻会是什么表情呢，光是想想就觉得很开心。

假面之夜

1

穿过饭店正面的滑动门走进来一对大约二十五六岁的情侣，他们穿着情侣T恤和牛仔裤。走进大堂后，他们一边新奇地打量着周围的环境，一边走向前台。

现在，前台有三位接待员。其中一个是新人。那对情侣正朝着新人面前走去。

男性首先开口道："我刚才打电话预约过。"接着又报出了自己的姓名。听口音应该是关西人士。

新人接待员确认了一下面前的预约屏幕，说道："恭候您多时了。您今晚预订了一间双人房，入住一晚，对吗？"

"是的，没错。"男性答应着，随即和身边的女性相视一笑。

新人接待员拿出住宿登记表，说明了填写要求。在男客人填表的时候，接待员开始在系统里选择房间。一系列流程都很顺畅。可就在两周以前，就连这些事情他还处理得很生硬呢。

男客人填好了表格。

新人收下表格后说道："非常感谢您的配合。您在预约时希望用现金结账，请问这一点有变化吗？"

"没有，用现金结。"男客人想都没想。

"好的，那么需要先收取您三万日元的现金作为押金。"

新人说完这句话，男客人立刻变了脸色："欸？那是什么？"

新人解释道："是保证金。当然了，在您退房的时候会把差额返还给您。"

男客人皱着眉头："没听说要付押金啊。"

这一点应该是不可能的。当天入住的预约电话都是由前台受理的。接受预约的时候，按照规定，一定要跟客人讲清楚需要付押金，大概是男客人没注意听吧。

"房间的住宿费用应该不到三万日元啊，为什么要收那么多押金？"

"这个……是因为要把额外的消费提前包含进去。比如说冰箱里的饮品等等。"

男客人摆摆手道："我们不需要冰箱里的饮料。想喝的话会从便利店里买。如果要收取三万日元的押金，我的钱包就空了。"

"那么……能不能先把卡寄存在我们这里？您退房的时候还是可以用现金结账。"

男性客人摇着头，说道："如果我有信用卡就不需要用现金结账了。住宿费用也就是两万日元左右吧，那我支付两万日元不就可以了？"

山岸尚美在旁边一边听着他们的对话，一边想，这位新人小哥会怎么处理呢？这对情侣今晚的消费预算恐怕只有三万日元。那么那位男客人的想法，作为折衷的提案似乎也还不错。

"我知道了，"新人接待员打定了主意说道，"那么就收您两万日元押金……"话刚说了一半，就被打断了。"不，不用收了，"是一旁的尚美插了进来说，"不用付押金了。"

男性客人满脸疑惑地一会儿看看尚美，一会儿看看新人接待员，问道："可以不付押金吗？"

"是的，不用付了。如果心里总是担心着钱的问题，恐怕吃饭时都无法踏实地享用美食。所以请放宽心，尽情去享受一个美好的大阪之夜吧。万一最后住宿费用不够了，日后我们会给您寄去账单，您再把钱汇给我们就可以了。"

"啊……如果可以这样的话那就太感谢了，可是这样真的好吗？"

"是的，我们愿意相信您。"

男客人很吃惊似的瞪圆了眼睛。尚美向新人使了个眼色，意思是让他快把房卡准备好。

"这次入住我们饭店，应该是为了庆祝纪念日什么的吧？"尚美端详着这对男女说道。

"嗯，算是吧，"男客人露出了羞涩的笑容，"是结婚纪念日。"

"那真是要祝贺你们了。同时也希望你们能在饭店度过一个美妙的夜晚。"

这次两人齐声说道："谢谢！"

这时新人接待员已经把两张房卡放在了纸袋里，递到了男客人的面前，说道："这次为您准备的房间是 1608，在饭店的十六层。"他说着挥手叫来了在一旁等待的服务生，把房卡递给了他。"请好好休息吧。"新人边说边对着面前的情侣认真地鞠了一躬，并目送着他们离开，站在一旁的尚美也行了感谢礼。

此时，刚刚还板着脸的男客人脸上已经露出了笑容，双手一直抱在胸前的女客人看起来心情也不错。

直到他们消失在尚美等人的视线中，新人才开口问道："为什么你知道他们是来过纪念日的呢？"

"从他们的口音推断出来的。你把刚才的住宿登记表给我看看。"

新人拿出了登记表，上面的住址一栏写着奈良县。

"他们果然住在关西地区。距离这里乘坐电车不过是一个小时。如果没有什么特殊理由的话，应该不会选择住在一晚要花几万日元的大阪的饭店里。但是他们却来了。虽然也有可能是想体验一下新开张的饭店，但当天预约就很奇怪了。不是明天也不是后天，一定是有什么事情非今天不可。也就是说今天本身就是个重要的日子，本来应该安排特别的节目，可是那位男客人却完全忘记了，这才慌忙预约了今晚入住我们饭店。——嗯，我大概就是这么想的。"

新人听得目瞪口呆，感叹道："原来如此，经你这么一说好像确实是这样。那么，应该是生日或者是结婚纪念日……"

尚美说："如果是生日的话还是会选择送礼物。我倒认为应该是结婚纪念日。那位女客人的无名指上戴着两枚戒指。"

"两枚？"

"是结婚戒指和订婚戒指。"

"啊！"新人重重地点着头说，"山岸前辈，您观察得真仔细呢。"

"不过我也被提醒过不能一直盯着客人观察呢。你刚才是不是觉得那对情侣有可能是霸王住客？"

霸王住客，是指不办理退房手续，欠着房费不付账直接消失的客人。

"我感觉应该不是。可是他们是当天预约，不支付押金的话还是有些冒险，所以我才想收取二万日元……"

尚美叹了口气，摇了摇头说："结婚纪念日当天，钱包里只装着一张一万日元也太可怜了。虽然说他们可能没打算花那么多钱。如果选择相信客人，就彻底相信，这种打了折扣的信任可不太好哦。"尚美用手背轻轻拍了拍新人的肚子。

新兵缩了一下脖子，小声地答应了。

大阪柯尔特西亚饭店开业至今，已经快一个月了。饭店员工们的工作也逐渐步入了正轨。尚美抚摸着自己的胸口心想，按照目前的情况，自己应该能按照原计划，年底之前调回东京。

尚美是在大阪的饭店开业前一个月接到调令的。这个调令是由东京柯尔特西亚饭店的总负责人藤木直接下达的。

藤木当时是这样说的："虽然已经对新饭店的员工进行了充分的培训，但他们还缺乏实战经验。所以各个分店都要选派人手前去支援。希望你能够在新饭店步入正轨之前助他们一臂之力。"

因为是一直以来对自己多有照顾的藤木的命令，尚美不可能拒绝。可是详细了解了工作内容后，尚美的心情不免沉重了起来。这次去大阪不仅仅是支援，还要兼职负责新人的培训工作。

"我可不太擅长培训新人，不，应该说这是我的弱项。"

"那就奇怪了。我从来没有从客房部部长或者前台经理那里听到过这样的汇报。我听说你在指导新人的时候指令清晰，简明易懂，而且语气不容置疑。只是有些过于严格。"

尚美好像被戳中了痛处，说道："我是没打算那么严厉的，可是说着说着不由自主地就严厉起来了。所以，基本上我不太讨人喜欢呢。"

"哈哈哈，"藤木笑着，似乎很开心，接着说道，"负责指导新人时就应该这样。而且，你能体验一下不同的工作环境也不错。你就当作也是自己的一次学习，也就几个月的时间，努力去干吧。"

看来藤木的心意是不会改变了。尚美也断了争取的念头，简短地回答道："好的。"

来到大阪以后，尚美也会时不时地觉得过来体验一下真的挺好。虽然这里也是聚集了来自全国各地的人们，可是和东京的人在气场上却有微妙的差异。尚美总结了一下，觉得应该是因为人们对这两个地方的期待不同吧。比如说外地人因为工作关系前往东京时，应该都带着一种挑战日本首都，舍我其谁的气势。而从前往大阪的人身上，往往感觉不到那样的氛围，反而表现出一种平易近人的亲切感。其中最典型的就是来到这边的饭店后，经常会问饭店附近有没有好吃的餐厅。而且他们要找的都不是高级餐厅，多半是一些章鱼烧、大阪烧和乌冬面餐厅。据此可以看出，对于从外地来大阪的人来说，对餐厅的期待就是他们对这座城市期待的缩影。拜他们所赐，尚美在刚来的一周之内，就摸清了饭店周围这类餐厅的情况。

就在尚美胡思乱想得出神的时候，一位女性来到了前台。她穿着灰色无袖针织衫、紧身牛仔裤，显得腿很细。长发过肩，肩上背着大号的帆布包。看起来三十岁上下，不过给人感觉很稳重成熟，说不定年龄还要更大一些。不管怎么说，这是一个大美女，她的眼睛尤其美，黑眼球占据了大部分空间，让人觉得惊艳又神秘。

女性报出自己的名字。声音很沙哑。

尚美在预约屏幕上确认，眼睛快速浏览着，很快找到了一致的名字。

"您今晚预定了一间豪华双人房，对吗？"

得到了女人的肯定回答后，尚美按照程序准备将住宿登记表和油笔递给她。

就在这时，一股甜腻的香气冲进了尚美的鼻孔。绝不是令人讨厌的味道，是甜甜的同时伴有红茶清香的优雅味道。

"怎么了？"看到尚美突然停止了动作，女客人问道。

"不，没什么。您的身上散发着一股迷人的香气。是玫瑰的吗？"

女客人的表情柔和了许多："是的，玫瑰，太浓烈了吧？"

"不，没有的事，失礼了。"

完成了所有的手续后，尚美把房卡递给了女客人。本来想叫服务生过来带她上去，她却拒绝了。她一个人走向了电梯间，应该是经常住饭店，已经习惯了吧。

之后，住宿的客人陆陆续续到达了饭店，办理入住手续。大堂里显得很热闹，从目前的状况看，大阪柯尔特西亚饭店算是成功了，但是依然不能马虎大意。房间的入住率还需要提高。希望能够在工作日时也达到接近满房的状态。

这时尚美想起明天的会议，顿时觉得郁闷起来。大阪这边新上任的总负责人是热爱体育的那种人，平时充满活力，野心勃勃。前几天为了进一步提高营业额，从一大早就让员工们重复喊着奇怪的口号。尚美因为一直担心会被客人听到，完全无法投入进去。一想到明天还有可能被要求做同样的事情，尚美真想逃离这个地方。

第二天，尚美八点半就到达了饭店，因为夜班与白班的交接是在上午九点进行。完成了工作交接后，尚美开始了前台的工作。不一会儿就有一个男人走了过来，看起来大约四十多岁。按照这个年纪的标准来看，他身材保持得不错，可以称得上是一位美男子。他留着一点胡子，却完全不会给人不整洁的感觉。

"您是要退房吗？"

"嗯，麻烦你了。"男人说着把房卡放到了前台上。

尚美在屏幕上进行着退房时的房费精算。男人昨晚光顾了饭店内部的酒吧，把费用计入了房费里，另外还叫了客房服务。

尚美把费用明细打印出来，放在男人的面前。他瞥了一眼后，点了点头。

男人用信用卡支付了住宿费用。尚美把刷卡的回单和发票一起装到信封里，递给了男人，嘴里说道："非常感谢您入住本饭店，衷心期待您下次光临。"

男人说了句"谢谢"后转身离开了。他边走边打开自己的手提包，想要把刚才尚美递给自己的信封放进包里，却忽然停住了脚步，再一次返回前台，脸上浮现出一丝苦笑。

"请问发生什么事了？"

"哎呀，我一时大意，把这个也装进包里了。"男人一边说着一边从包里拿出了一条白色的毛巾，是饭店房间里提供的用品。

"可能是在收拾换洗衣物时不小心卷到一起了，能帮我还回去吗？"男人问道。

"好的，当然可以。"尚美从客人手里接过了白毛巾。毛巾有一点潮湿。"请问您对本饭店的服务还满意吗？"尚美问。

"非常好，我很满意。"男人微笑着露出了洁白的牙齿，又像是加重肯定似的点了点头，说道，"虽然只住了一天，但却是一个记忆深刻的夜晚。"

"那就太好了，今后也请多多关照。"

"彼此彼此。"

刚把这个男客人送走，从电梯间里走出了一位女性。就是昨天那位由尚美办理入住手续、身上散发着玫瑰香气的女客人。她也是要办理退房吧。

饭店里会聚集各种各样的人。尚美心里再一次对自己说，这些人都戴着面具，所以作为一名饭店工作者，绝对不能试图揭开他们的面具——

2

在踏进这座建筑物的一瞬间，新田浩介就闻到了理工科室特有的怪味。

在他的记忆深处，最先苏醒的是发生在小学时代的一段往事。那时曾经做过一个通过电镀加工使五日元硬币变成银色的实验。但是老师讲过，不能向别人散布这个实验。私自加工处理货币是违反法律的。老师的话，反而激起了新田更大的兴趣。电镀加工后的五日元硬币，一眼看上去像是五十日元的硬币。在一般的店里使用肯定会露馅，可是碰上眼神不好的老婆婆没准就能骗过去了。仅仅是想象着这样的情景，就抑制不住心里的激动了。

那枚五日元硬币最终花没花掉他已经忘了。可是这个实验却留在了记忆中，可能就是因为知道了这是违法行为吧。无论什么人，在违反规则时都会产生些兴奋感吧。罪恶感和快感之间仅仅是一念之差。

案发现场在这个建筑物的二层。新田和同车过来的同事一起爬上通往二层的楼梯，中途还和几位搜查员和鉴定科的同事擦肩而过。可能是因为新田等人戴着搜查一科的袖标，谁都没有过多地注意他们。

透过一扇敞开的门，新田看到了本宫前辈的背影。看来他已经先到了。

"怎么样了？"新田首先搭话。

本宫回过头，扭曲着死人一样的脸说："你自己看看吧。"

房间的入口处挂着门牌，上面写着"教授工作室"，下面还附着一行小字，"责任人冈岛孝雄"。

新田环视了一下室内的情况。房间并不大，放着书架、办公桌，设置了简单的会客区域。办公桌上放着笔记本电脑，电脑周围堆满了山一样的书籍和资料文献。

遗体呈俯卧在地板上的姿势，上身着工作服，下身穿长西裤，没有系领带。虽然身材微胖，但总体来说体格并不大。眼镜散落在周围的地板上。

"当了这么久的刑警，这样的案发现场还是第一次遇到。"本宫说着，抬头观察起了书架，"这都是些什么啊？《化学结合与界面性质控制的关系》《低反射率硅的表面构造研究》，这是哪儿跟哪儿，完全看不懂。"

"被害者是大学老师吗？"

"看起来是这样。科学家的世界，真是无法想象。希望这个案子不要太棘手啊。"本宫挠着自己的后脖子，撇嘴说道。

新田再次观察了室内的情况，没有发现打斗过的痕迹。

犯案时，案犯心里是充满罪恶感，还是充满了快感呢？——新田看着被害者被鲜血染红的后背，忽然涌现出了这样的想法。

特搜本部设立在管辖区域内的八王子南警署。案发现场位于泰鹏大学理工学部校园内，距离警察局步行只需要几分钟。

今天是十月五日，上午十点左右接到了报警，是泰鹏大学理工学部打来的电话，说有人被杀了。辖区内的八王子南署的警官立刻赶到了现场，确认了有人被杀的事实。

被害者名叫冈岛孝雄，男性，五十二岁，是泰鹏大学理工学部的教授。

冈岛从昨天开始失踪，他专用的教授研究室的门也紧紧锁着。到了今天，冈岛的助手们发现他的车还停在停车场，就用备用钥匙打开门进了工作室，发现了面目全非的教授。

死因是外伤过重。从后背刺入的凶器刺到了心脏。凶器被带离现场，根据推断，凶器应该是刀刃长度超过二十厘米的锋利匕首类。室内的陈设没有被破坏，死者上衣兜里的钱包不知去向。但是第一案发现场不一定是教授工作室，因为根据相关人员反映，冈岛只有在研究室里才会穿工作服。研究室，就在教授工作室的隔壁。很可能是凶手在犯案后，把尸体搬到了这里。

管辖区警局和本部的人员集合后，所有的搜查员被分成了几个小组，并分配了任务。新田等人的汇报上级是本宫。

看着各个小组的成员，新田有些小小的惊讶。因为成员中有一位年轻的女性，而且本宫命令自己和她组成一组。

"为什么是我呢？"新田提高嗓门问道。

"为什么不能是你呢？"本宫反问了一句。

"为什么……"新田一时语塞。"请多多关照。"女警官精神饱满地跟新田打招呼，看起来干劲十足。

"哦，请多关照。"新田挠着头勉强应答道。

她叫穗积理沙，原本在生活安全科工作。虽然个子不高，好在身姿挺拔，身体结实健美。但她长着一张圆脸，五官给人的感觉是稳重沉静，不像一个警察。

特搜本部设立在人手较少的警局时，会从各个部门调集人手。单指望刑侦科的话，人手是远远不够的。有时甚至会从交通科借调人手来担任搜查期间车辆的驾驶工作。新田也和刑侦科以外的同事组过队，但是和女性同组还是第一次。

按照本宫的指示，新田等人要对尸体的发现者进行重新问话。

"真是了不起。我啊，还是第一次加入特搜本部呢。新田前辈，请不要客气，有什么事尽管安排给我，我什么都愿意做。"穗积理沙说话的样子显得兴奋不已。

"啊，知道了。"

"别看我这个样子，我对自己身体的健康程度还是很有自信的。前段时间，我和自行车撞到了一起，我什么事都没有，对方却摔倒并受了点伤。哈哈哈。"

"哦？这样啊。"

穗积马上继续说道："话又说回来了。这次的案件，凶手会是什么样的人呢？大学校园，应该是一个相对封闭的空间。在大学里犯下杀人案，凶手的胆子看来很大呢。"

"说得也是。"

"凶手一定对被害者有很大的怨恨。还是说有什么其他动机呢？到底是怎么回事呢……"穗积理沙是一个语速很快又很爱说话的人。去往大学的一路上，她一刻都没有停过，一直在说话。最后新田连简单的附和都觉得麻烦了。

"我先跟你讲清楚，"新田停下了脚步，用手指着穗积的鼻尖说道，"对于案件的侦查，是我们搜查一科的工作。你们只是辅助的，辅助的意思就是基本上没有你们出头的机会。如果需要你做事我会跟你说。在此之前你只需要在我身边安静地备岗，要安静地，知道了吗？"

本以为这一番话会有些伤害到她，可是穗积理沙却重重地点了头，充满激情地说："是，明白了！"同时还作了个敬礼的姿势。

也不知道是不是真的明白了。新田一边想着一边穿过了学校大门。因为研究室所在的校舍禁止入内，新田就在一栋叫作技术本馆的大楼的接待室里，与发现尸体的两个人见了面。两人分别是一个名叫山本的助手和一个叫铃木的学生。

"这样看来你们最后一次见到冈岛先生是在前天，也就是十月三日的下午六点左右，对吗？"新田在大致听完两人的叙述之后，确认道。

两人点着头说："是的。"

前天，他们两个回家的时候，冈岛还在研究室里。

"老师几乎每天都会在研究室里待到很晚才回家。第二天早上我们过来时经常会发现老师前一天吃过的便利店便当盒之类的东西。他经常说，因为自己是一个人生活，早回家也无事可做。"山本说道。

"三号的晚上，你们没有确认冈岛教授是否回家了，是吗？"

"没有确认，但是，我们理所当然地认为他应该回去了。"

"那么，昨天他缺勤了，你们都没有收到他说要休息的电话或信息吗？"

"他休息的时候，一定会提前跟我联络的,他本来也几乎不休息。"山本把眉头皱成了八字。

"你们没有尝试主动联系冈岛教授吗？"

"打过一次电话，没有接通。后来又发了一条短信，也没有收到回复。不过我们本来也没有什么急事，就没有继续联络他……"

山本的脸上此时似乎写着"真没想到老师竟然在隔壁的房间被杀害了"。

"你们是今天早晨发现了冈岛教授的车，对吗？"

"是我发现的，"这次回答的是身材较为矮小的铃木，"我偶然路过那里发现的。刚开始觉得很像老师的车,走近一看,连号牌都一样。"

"他昨天没有停在那里吗？"

"不知道，冈岛老师经常把车停在研究室旁边的一个停车场。昨天，车没有停在那里。不过因为老师也没来学校，所以我没觉得有什么问题。"

"也就是说今天早晨你发现车的地方，不是往常的停车场，对吗？"

"是的。"

"冈岛教授之前在你发现车的地方停过车吗？"

铃木摇着头说："之前应该没在那里停过。所以最开始时我没有觉得那是老师的车。"

也就是说，车很有可能是从昨天开始停在那个停车场的，那么开车的，恐怕就是凶手吧。

冈岛教授是前天晚上遇害的，死后尸体一直在他自己的房间里——似乎可以这样推断。实际上，根据尸检官的意见，死亡时间已经超过了二十四小时。

"前天，冈岛先生没有对你们说过什么吗？比如说要和谁见面，谁要来拜访研究室之类的事情。"

山本和铃木对视了一眼，确认了两人都没有听说类似的事情。

"那么平时，会不会有人突然来访呢？"

"是指事先没有预约吗？不，那种情况应该不会轻易发生。"山本否定了新田的猜测，"我们研究的日程安排得非常紧，如果突然过来的话我们会很为难，所以要求他们一定要事先联络。而且前天我们从这里离开时已经是晚上六点了，那以后应该不会有人来了。"

"原来如此。"

可是恐怕确实有人来访了。那个人事先准备好了凶器，来到了研究室。

"研究室平时门禁管理严格吗？"

"入口处的钥匙放在冈岛老师和我这里，"山本回答道，"另外，警卫室也放了一把钥匙。刚才我也说过了，冈岛老师几乎每天晚上都在研究室待到很晚，所以晚上都是他自己锁门。早晨就是谁先到谁开门，一般都是我先到。昨天也是这样的。"

"昨天早晨，研究室的门是锁着的吗？"

"是的。"

应该在冈岛手里的那把钥匙不见了，可能是凶手拿走了。

"只有研究室的门会上锁吧。整栋楼的大门不会上锁吧？"

"那个不会锁。即使是深夜，进出的人也不少。因为有人会彻夜做实验研究。"

"也就是说有外人混进来，也不会有人怀疑是吧。"

"是的。这座楼里有很多研究室。就连我也是一大半的人都不认识。"

"冈岛教授每天都留到很晚的事情，在校园内有很多人知道吗？"

"这个嘛，"山本歪着头思索着说，"跟着老师的人都是知道的，但其他研究室的人是否知道，就不清楚了，是吧？"

山本看着铃木，向他征询意见。铃木默默地点了点头。

"最近，冈岛老师的身边有没有什么反常的事情？比如说卷入了什么纠纷，或者接到奇怪的电话之类的？"

山本扭过脖子，问身边的铃木："有吗？""这个嘛……"铃木也显得一脸迷惑。

"我觉得应该没什么。"山本说道。

"冈岛先生是个什么样的人呢？脾气暴躁容易与人起争执，或者是人际关系恶劣，有这样的情况吗？"

新田这个问题就是想知道冈岛在校园内外是否有敌人。面对这个问题，那两个人依然没有什么明显的反应。

"应该没有。老师整体上来说是一个感觉比较迟钝的人，我甚至没有见过他生气的样子。"铃木对山本的话也点头表示了赞同。

"即使我们这些学生的行为有时有些过分，他也从来都没有训斥过谁。他这个人，对别人的事情本就不关心。"

"女性关系呢？听说他是独身，有没有正在交往的恋人呢？"

对于新田的这个问题，铃木惊讶地向后一仰："冈岛老师吗？这不可能。"

"但是他不可能从来都没有跟女性交往过吧？"

"这个就不清楚了，"山本扭了一下脖子，继续说道，"从来没有听说过这方面的传闻。好像他自身也没有什么兴趣爱好……在饮食方面也完全没有特别的要求，总之冈岛老师是一个只对研究感兴趣的人。"

"研究是吧……"新田用手指搓了搓鼻尖下方的皮肤，交替看着眼前的这两位年轻的研究者，说道，"你们研究的到底是什么？最好是用外行人也能听懂的语言跟我们说说。"

"用一句话概括，就是研究半导体，"山本回答道，"半导体……这个你知道吧。"

"有些概念。经常作为电脑的零部件使用吧。"

"是的。冈岛老师他们研究的内容就是对新型半导体材料的开发。研究已经取得了突破性的进展，一旦投入市场使用，各种实用模型将会变得更轻薄，对电量的消耗也会大大降低。"

"欸？真是个了不起的发明呢！你刚才提到了老师们，他不是一个人在搞这项研究是吗？"

"一个人是不可能做到的。是和企业合作的共同研究。但是基础的构思和方案都是老师想出来的，他确实很厉害。"山本随即说出了合作企业的名称，新田连听都没听过。

你们应该知道。"

"什么事情？"新田压低声音问道。

"实际上是关于南原老师的事。"

"南原老师，是那位副教授吧？"

"是的。"就在山本点着头想继续说下去时，从新田的后方传来了一个声音："山本同学。"新田回头一看，一位身穿西装的男士朝着他们走来，年龄在四十五岁上下，手里提着行李包。

"啊！这不是……您辛苦了。"山本大声地应答后，对着新田小声嘟囔道，"他就是南原老师。"

"我本来想要早一点赶回来的，可是还有很多事情要处理。不过，这次的事件真是太严重了。"男人一脸痛苦地走了过来，看到了新田等人，问道，"嗯，这两位是？"

"他们是警察局的刑警，来这里调查案件。"

"啊，原来是这样，辛苦你们了。"南原说着把手伸进了西装上衣的内兜里，掏出了名片。名片上印着副教授的头衔，名字是南原定之。

新田也向南原出示了证件，做了自我介绍。

"您是从京都回来的吧，听说是去参加学术交流会了？"面对新田的问题，南原点了点头："是的，原本计划明天回来的。"

"是这样啊。在这个时候提出这样的要求有些不好意思，能跟您聊聊吗？有几个问题想问问您，不会占用太多时间的。"

南原点头答应道："当然了，没问题。"

新田快速给山本递了一个眼神。山本接收到新田的眼神后，默契地低下了头。

他们重新返回了刚才的接待室，开始了对南原的询问。问了几个问题后，也没发现什么可疑点。南原对于整个事件没有任何头绪，只是说和冈岛之间没有矛盾。因为工作以外和冈岛基本上没有接触，所以对于他的私事一无所知。

关于对冈岛这个人的印象，南原的回答与其他人在一点上有些微妙的出入。南原并不认为冈岛是一个特别有才华的研究者。

"他确实很认真也很努力。他是会利用庞大的数据的堆积，来对假设作出验证的类型的学者。从这个意义上来说是挺优秀的。但是多少有些过于谨慎，对于一些理论上的飞跃和想法上的创新，并不是很支持。我也经常被他批评。他说我老是提出异想天开的想法，只有梦想，研究是不会有进展的。但我却认为，没有创新的想法就不可能开辟出新的道路。"

"那你们会因为意见不合而对立吗？"

南原抬起手，在面前摆了几下。"对立这种说法不准确。我们在意见上有分歧时会进行辩论。这在研究者之间是很正常的事情，也是正确的处理方式。往往从辩论中才能找到下一步的方向。你们听说了我们正在研发的新材料的事情了吗？"

"是半导体的材料吧。听说基础的理念都是由冈岛教授提出来的。"

南原听了以后皱起了眉头，轻轻摇了摇头。"大部分人都是这么认为的，实际上却有点失实。最开始提出这个想法的人是我。我还拿到了专利权。冈岛老师刚开始对我的想法不感兴趣。后来我们通过反复的辩论，产生了新的想法，引发了这次的发明。他的提案，其实就是在我的提案基础之上的改造。不过确实因为新的提案促使研究有了新的进展，所以我也不想再多说什么了。"

总结起来南原的意思就是，为了尊重冈岛教授在学术界的威望，自己也没有办法再去争抢功劳了。

"看来研究学者的世界里也有这些复杂的事情呢。"

"那当然了，只要有人的地方就会有这些事情。"南原说这话的时候脸上浮现出了淡淡的笑容。

"冈岛老师不在了，不会导致研究的停滞吗？"

"幸好，这一点倒是不用担心。我们平时掌握的信息是同步的。今后多少会对方案有些调整。在研究如何把产品投入市场方面，本来就分工由我来主要负责。"南原的语气中充满了某种自信。

"是这样啊，应该也挺辛苦的，加油吧。"

"没问题。虽然自己说出来有些不好意思，我对自己的行动力还是很有信心的。"南原挺着胸脯说。

"那就全靠您了。我这里还有最后一个问题。这个问题对所有的人都会提出，所以请不要觉得不舒服。"新田都把话说到这个份儿上了，南原也似乎心中有数了似的不住点头。

"不在场证据是吧。我不会觉得不舒服，问这个也是理所当然的。"

"真是不好意思。"

"刚才我也说过了，昨天我一直都待在京都。我大概是上午十一点到达了举办学会的会场。听完了一个演讲之后，在会场的餐厅吃了午饭，下午又继续听了几个演讲。晚上和相识的几个大学教授一起聚餐。在址园的俱乐部跟他们喝了几杯后，我就回饭店了。"南原流畅地说完了一天的行程后，又拿出了记事本，看着上面的记录说出了举办学会会场的名称，教授们的姓名和饭店的名称。

"我的行程就是这样。"南原说完合上了记事本。

新田斜眼瞟了一眼旁边的穗积理沙，确认她把南原的话记录下来之后，对南原表示了感谢。他接着说："昨天的行程我们已经非常清楚了，能再说一下前天的行程吗？"

听了新田的话，南原瞪大了眼睛，反问道："前天……吗？"

"是的，您应该从前天开始就在京都了吧。"

"啊，那倒是……不过，为什么呢？"

"什么为什么？"

"不是，那个，前天的事情应该和案件没有关系吧。"

"没有关系？为什么您会这么认为呢？"

"可是，那是因为……因为冈岛老师是昨天遇害的。"

"不，那可不一定。最后一次有人见到老师是在前天晚上，所以他也有可能是前天夜里遇害的。"

"欸？……是这样吗？"南原的目光开始游离。

"前天白天您也在参加学会吧。学会结束后，您去做什么了？傍晚六点以后的行程就可以了。"

"那天，嗯，"从南原的迟疑中看得出他咽了一口口水，"那天学会结束后我一个人吃完晚饭，很早就回饭店了。"

"没有别人一起吗？"

"是的，那一天我一直都是一个人。因为感觉有些疲惫，所以想早点休息。"

"您用饭店的电话给谁打过电话吗？或者是说有人往您所住的饭店房间里打过电话吗？"

"没有，这个倒是没有过。"南原面部表情很痛苦似的扭曲着。

新田叹了一口气，双手抱在胸前说道："要是有证据能证明您前天晚上一直在京都就好了。"

"就算你这么说也确实没有……"南原有些面部僵硬地看着新田说道，"我认为冈岛老师是昨天遇害的。"

"为什么呢？"

"这个呢，嗯，我感觉应该是这样的……这些事情通过解剖不就可以弄清楚了吗？"

"当然了。解剖的结果马上就出来了。到那时就可以锁定犯罪时间了。但是，虽然很给您添麻烦，在现在这个阶段，还是要尽量扩大问讯信息的范围。希望您能够理解。"

"是这样啊。但是，刚才的回答我已经尽力了。"

"我知道了。一般来说，很少有人的不在场证据是充分清晰的。就这样吧，感谢您的配合。"

三个人走出了房间。新田问起南原今天接下来的安排，南原回答说准备和进行共同研究的公司里的相关人员碰面。

"冈岛教授才刚刚去世，你就准备投入工作了吗？"

"正因如此才更要抓紧，刚才也说过了有些方案需要调整。"

"不愧以行动力见长啊。"

"正如你所说。告辞了。"南原说着，向走廊的另一端走去。

看着南原远去的背影，穗积理沙小声说道："真是个不错的人呢！"

"不错？你是说南原老师吗？"

"是的。应该说有一股中年成熟男人的魅力吧。随着年龄的增长，却没有中年大叔身上散发出来的令人讨厌的感觉。他在女大学生中间一定也很受欢迎吧。"

新田盯着穗积理沙的脸，说道："你总是这个样子吗？"

"什么意思啊？"

"你刚才见到年轻学生时躁动不安，这次又对中年男性表现得欢欣雀跃。我是在问，你是不是见到男人就会变成这样？"

"不会总是这样，只有当我觉得对方不错的时候才会，"穗积理沙一脸认真地解释过后，又加上了一句，"我见到新田前辈你时，应该什么都没说吧。"

"啊，还真是。真是不好意思，我这么缺乏魅力。"

"啊，不是，我倒也不是那个意思……"

"算了，不用解释了。话说回来，你先回搜查本部吧，向本宫汇报一下今天的情况。"

"新田前辈你要去哪里？"

"我顺便去趟别的地方。"

"去哪里，我也一起去。"

"你不用去了，分开行动更有效率。"

穗积理沙像是怄气似的脸颊鼓鼓地说："你是想把我排除在外吗？"

"不是这样的。想从别人嘴里问出秘密时，我一个人比较好。行啦，快去吧快去吧。"新田像是赶苍蝇似的对穗积理沙挥着手。

新田回到搜查本部的时候，本宫正在看书。看到新田后，便招手把他叫了过去。

本宫说道："通过在校园内的随机问讯，得到了一些关于停车场的消息。有人目击到被害者的车昨天就停在现在的地方。进一步说，被害者的车前天还是停在一直以来的老地方的。那么，再看看司法鉴定结果。"本宫一只手拿起了尸检报告。"死亡时间推断为前天晚上的八点到十一点。"

"果然是前天啊。"

"另外还有一点。案发第一现场被锁定了。"本宫接着说道，"是在研究室。从地板上探测到了血迹反应。有被擦拭过的痕迹，应该是凶手干的。"

"也就是说，事情的经过是这样的。凶手计算好时间，趁着被害者一个人时侵入教学楼，在研究室内将被害者杀害之后，把尸体搬到了隔壁的教授工作室。接着把研究室地板上的血迹清洗干净后，凶手用被害者的钥匙，将研究室的门锁好，再把教授工作室的门锁好，然后离开了现场。最后，凶手又把被害者的车从熟悉的停车场移动至另外一个停车场，离开了校园。"

"嗯，大概就是这样吧。"

本宫话音刚落，从旁边传来了穗积理沙的声音："漏掉了一点。"也不知道她是什么时候出现的。

新田看着她："漏了一点？漏了什么呢？"

穗积理沙鼓着鼻孔说："是钱包。你刚才的推理中，漏掉了凶手抢走钱包的情节。"

新田只觉得双腿一软："你怎么又来了？"

"另外你还漏掉了凶手把凶器也带走了这一点。"

"不是忘记了，只是省略掉了而已。钱包的事情也是。"

"这么重要的事情怎么能省略呢？"穗积理沙不满地提高了嗓门。

"你们俩说什么呢？"本宫听不懂这两人的对话，开口问道。

"根据她的推理，凶手杀人的目的是劫财，"新田说着，看向了穗积理沙，"那我倒想问你几个问题。凶手为什么要移动尸体和汽车呢？如果他的目的是抢夺钱包，应该把尸体放在原地，自己尽快离开现场才对。移动被害者的汽车，也没什么理由啊。"

穗积理沙再次摇着头说："这样是不行的，这样一来凶手就没有时间用卡了。"

"卡？"

"是信用卡。我认为凶手想要在案件被侦破之前使用信用卡买很多东西，所以他必须拖延尸体被发现的时间。因此他才移动了尸体和被害者的车。"穗积理沙语速惊人，一气呵成。

新田哑口无言地盯着穗积理沙的嘴，虽然很不甘心，但一时间竟无言以对。

"呵呵呵，这个推理很不错呢。"这时本宫从旁边插上了一嘴。

"是不错吧，"穗积理沙一脸得意地说道，"昨天凶手肯定刷爆了信用卡。"

"那我们得确认一下，信用卡的事应该是物品调查组那边负责的，"本宫用手指向远处，"就是那边的那群家伙。其中不是有一个高个子的年轻人吗，他叫关根。你去问问他吧。"

"知道了。"穗积理沙回答后一蹦一跳地走远了。看着她远去的背影，新田说道："你是认真的吗？你真的认为凶手的目的是偷钱包？"

本宫笑得浑身直颤："关于信用卡的使用情况，我刚刚已经听关根说过了。前天和昨天都没有使用过的记录。"

"就是说嘛，"新田边说边安抚着自己的胸口，"这个案件没有那么单纯。不过我一想到接下来还要和她组成一组，心情就有点沉重。"

"别那么说。让你和她组队是组长的意思。"

"稻垣组长？为什么啊？"

"这是对你期待的表现。因为你现在是干部候补，又是从国外回来的，还是晋升考试也轻松通过的精英。今后女性刑警会逐渐增多，他一定是希望你能适应与她们相处。这是对你的亲切关怀呢。"

新田挠着头说道："真是让人困扰的关怀。"

"但是，那个小姑娘说的话也不算太离谱。凶手确实想拖延尸体被发现的时间。问题的关键是，他的目的是什么？"

"我也一直在考虑这个问题，可是一直没有找到答案。要是将发现尸体的时间延长得更久还好理解，可是根据凶手这次的做法，最多只能拖延一两天。这样做究竟对凶手有什么好处呢？"

本宫低声嘟囔着，把身体后仰靠向椅背："先把目前掌握的情况跟组长汇报一下吧，你那儿还有什么其他的发现吗？"

"其他的吗……？"新田欲言又止。

"哦？"本宫抬起低着的头望着新田说道，"你的表情好像在说还有其他发现。别装模作样了，快点说出来。"

新田说出了南原定之的事情。

"嗯，一起搞研究的副教授啊。你为什么这么在意这个人呢？"本宫盯着手里的南原的名片，问道。

"理由很简单。如果被害者不死的话，南原作为一个研究者会受到沉重的打击。"

老刑警本宫的眼睛眯成了一条缝："什么沉重打击？"

"这是他的助手山本偷偷告诉我的。冈岛教授等人开发的新材料的制造方法，大体上可以分成两种。将来推向市场时具体选择哪种方法，这个选择权就掌握在教授的手里。可是这两种方法各有利弊，所以他一时之间也无法决断。"

"然后呢？"

"但是最近，教授开始考虑朝着其中一个方案的方向发展。这个方案原本就是教授力推的，据说南原基本上没有参与。相反，被舍弃的那个方案，则是基于南原的想法提出的，南原还拿到了相关的专利权。"

本宫听后深吸了一口气，用力瞪圆了双眼："这个对于南原来说，确实是重要的转折点。"

"如果放任冈岛教授去选择，即使将来新材料投入市场，南原也什么都得不到。反之，如果使用了南原的方案，投入市场后，单是他手里握有专利权这一条就能够给他带来巨额的利益。"新田的每一句话都好像经过了深思熟虑，"怎么样？我这个推理比为了钱包而杀人要有说服力吧。"

"你这家伙是学法律出身的吧。对了，你的父亲是律师吧？"

"家父在西雅图做顾问律师。好像处理过很多知识产权方面的案件。"

本宫发出了啧啧的感叹声，反手将名片拍在桌子上："既然你有这样的想法，就给我早点说出来啊。好的，就朝着这条线索追查下去吧。组长那边，由我去汇报。快看，你的搭档回来了。"

就在新田看着颐指气使的本宫的时候，穗积理沙垂头丧气地走了过来。

3

　　把南原定之传唤到警局问话，是遗体被发现两天之后的十月七日。在八王子南警署的问讯室里，新田和南原又见面了。本宫站在一旁，穗积理沙则负责记录。

　　"百忙之中把你找来真是不好意思。但是今天无论如何请对我们说出真实的情况。"新田开始了沉稳的发问。原则上，南原还不是本案的嫌疑人。所以新田没有提到他有权保持沉默。

　　南原眉头紧锁，说道："这到底是怎么回事？前几天，该说的我已经都说了。我没有撒谎。"

　　"关于这一点，和我们这边查到的情况有些不符。再问你一次。十月三号的晚上，你在哪里？"

　　"三号？……为什么是三号呢？"南原用焦躁不安的语气问道。

　　"请回答我的问题，三号的晚上你在哪里？"

　　南原隐藏不住自己的狼狈，先是抬头疑惑地看了看本宫，然后又将视线转移到新田身上。

　　"我说过了，那天我在京都……"

　　"那天晚上在饭店是吧。据你所说，那天你住在京都皇后饭店。那个饭店很高级呢，你在房间里做什么了？"

"做什么……就是看电视之类的……"

"那你看了什么节目？又是从几点看到了几点？最好尽可能详细地介绍一下。"

南原的目光开始游移，连着眨了几下眼睛后，沮丧地开了口："不是，那天晚上我没有看电视。对了，我是在看书，书的名字叫作……"

"不用说了，"新田打断了对方的话，这个回答再听下去也没有任何意义，他肯定会列举出他手头的一本书的名称，"那么你在饭店期间，有没有发生什么特别的事情，比如说火灾报警器响了之类的？"

"火灾报警器……不，房间里好像没有这种东西。"南原的不安已经很明显了。也许他心里正在想，没准火灾报警器真的响过呢。

新田抬头看了看本宫，那位老刑警的下巴微微动了一下。

"南原先生，"新田开口说道，"十月三号晚上，你应该没有住在京都皇后饭店吧。"

"没有那种事。那天，我办理了入住手续——"

"确实有你办理入住手续的记录，你在当天傍晚六点钟办理了入住。可是你并没有进入房间。至少，在那天晚上，你没有住在京都皇后饭店，我说得不对吗？"

"你凭什么这么……"

"你想问我凭什么这么肯定吧。很简单，我问过饭店了。问他们三号晚上，你办理入住的房间内的情况。不，准确地说是十月四号白天那间房间的情况。如果你住在房间里，一定会留下痕迹。不过京都皇后饭店不愧是一流的饭店，管理十分精细，无论是什么样的事情都会留下记录。你的事情也被记录下来了。十月四日，当房间清扫员进入房间时，发现房间里的床没有使用过的痕迹，毛巾也一条都没用。不仅仅是这样，坐便器上还铺着标注"已消毒"的纸。即使你在地板上睡觉，只要在房间里过夜，厕所总是要用的吧。"

南原脸上的血色逐渐退去，显得有些苍白。相反，他的双眼开始充血。看着他颤动的嘴唇，新田心想，也许他要招供了。

"真的是，"南原开始说话，"我说，真的是十月三号吗？"

"啊？"新田疑惑道，"你这是什么意思？"

"案件发生的日期，真的是十月三号吗？你们根据什么得出的结论，请告诉我。"

新田和本宫对视了一眼，他们没有想到南原的反应是这样。

"我说，南原先生，"本宫开口道，"事件发生的日期什么的，不是你需要考虑的事情。你只要说出真话就可以了。三号的晚上，你在哪里？像是在京都的饭店这样的回答，就饶了我吧。我们这边也是很忙的。我们在问讯室里这样和颜悦色地跟你问话，是很累的。我们的忍耐也要到极限了。"

看起来面相不那么友善的本宫用温和的语气说话时，反而给人一种毛骨悚然的压迫感。南原表情僵硬地低着头。

"南原先生，"新田说道，"你这样沉默下去也不是办法，赶快说实话吧。"

南原终于微微抬起了头，脸上浮现出苦闷的神色。

"我知道了，非常抱歉。"南原郑重地开了口。新田心想，南原终于觉悟了。

"你们说得没错。三号晚上，我说我在京都的饭店是在说谎。那天晚上我在别的地方。"

"在哪里？"

"这个……"南原深吸了一口气继续说道，"这个我不能说。"

"欸？你这是什么意思？"

"也就是说，我承认三号晚上我没有住在京都的饭店里。但是我不能说我去了哪里，非常抱歉。"南原深深地低下了头。

这时响起了嘣的一声，是本宫用手重重地拍了桌子发出的声音。南原吓了一跳，本能地向后躲开了。同一时间，从新田的后方传来了一声微弱的惨叫，是穗积理沙发出来的。

"你这个家伙，是瞧不起我们警察吗？"本宫开始真正动怒了，"你以为低头道歉就能解决了吗？"

南原似乎是为了让自己平静下来，反复调整着呼吸，交替看着本宫和新田。

"在此之前请你们解释一下，我为什么一定要提供三号的不在场证据呢？前几天新田先生也说过，不在场证据这种东西，充分清晰的人是少数。我不过也是证据不充分中的其中一个，这样理解不就可以了吗？"

"你并不是不在场证据不充分，而是隐瞒不说。不仅如此，还撒了谎。了解了这些之后我们不可能视而不见。"新田说完后瞟了本宫一眼，等待他下一步的指示。本宫的下巴微微一动，向新田发出了暗号，意思是可以出第二招了。

新田又重新将目光转向南原："基于极限点的 MKE 制作法。"

南原大吃一惊似的睁大了双眼，新田看到了他这个反应后继续说道："这个好像是你提出的，制作半导体新材料使用的技术名称吧。我从相关人员那里了解到了许多情况。作为一个门外汉，为了弄清楚你们研究的技术，我真是下了一番功夫。不过，到现在我基本上还是不懂。但是我明白了一件事情，就是你提出的方案，如果作为和厂家共同开发的新半导体的制造技术被采用的话，你将会得到巨额的报酬。但是冈岛教授却渐渐偏向于不使用你提出的方案。如果真是这样，你不但得不到报酬，还很有可能被排除到项目之外。不，还不仅如此，如果这个时候否定了你的技术，将来可能永远都不会被采用了。我能够想象，这对于一个充满自信、坚持研究的学者来说是多大的打击。"

南原掏出手绢，擦了擦鬓角处浮现的汗珠，脸色铁青。

"你是想说我因为害怕会变成这样，所以杀死了冈岛教授？"

"这个动机是成立的。我问了很多人，从他们的描述中我感觉得到，这是一个值得冒险去赌一把的大项目。"

"真是笨蛋。"南原恶狠狠地挤出了一句，"你们犯了一个严重的错误。你这些信息，大体上都是从助手山本那里听说的吧，他根本什么都不知道。冈岛教授确实考虑过我开发的 MKE 制作法之外的方法。但是我已经预见到了他的那种方法早晚会行不通的。冈岛教授最终会重新考虑。我已经知道了这一点，为什么还要杀死冈岛教授？"

新田歪着头："那就奇怪了，除了山本，我还问了其他人，大体掌握了你在项目团队之中的立场。"

"什么样的立场？"

"用一句话说，就是冈岛教授本来就不看好你的方案。你的 MKE 制作法本来就是作为没有其他办法时的备用方案的。"

"不可能。实际上，现在已经确定了使用 MKE 制作法作为下一步研究的方案。"

"这样啊。那可真是如你所愿了，是吧？"

南原面部扭曲，摇着头说："我……没做过。"

"那么就把十月三号你的行踪说清楚。我们已经知道你三号傍晚六点在京都的饭店办理了入住手续。但是在那之后你的行踪不明。之后你去哪里了？如果你想证明自己的清白，只能说实话。"

南原深深埋下了头。新田看着他的样子，脑海中想象着，南原一定在进行一场错综复杂的心理斗争——是应该彻底坦白呢？还是继续负隅顽抗，拖下去等待逃脱的机会到来？

南原下定了决心似的抬起了头，说道："在京都的饭店办理好入住手续后，我去了……去了大阪。"

"大阪？"新田再次和本宫交换了一下眼神，又看向南原，"你去大阪干什么？具体去了哪里？"

"这个我不能说，但是我确实是去大阪了。到达新大阪车站的时间应该是晚上七点钟左右。然后我在车站内部的书店里买了本杂志。店内应该还留有记录。"

新田又问了当时买什么杂志。南原说买了《金属工业月刊》。好像是专业资料。这种杂志的销售量一般不大，如果南原真的买过，应该很容易确认。

"那天晚上你住在大阪吗？"

"是的。"

"住在哪里呢？"

"大阪的一间饭店。"

"这样我们是没有办法确认的。具体住在什么饭店，请如实回答。"

"不行，这个我做不到。"

"为什么呢？"

"我在那间饭店里见了一个人。如果要想证明我确实在那里，就只能说出那个人的名字。不过我要是那么做的话，就会给对方带来麻烦和困扰，所以我不想说也不能说。"

听了南原的话，新田的脑海中闪过了一个念头。"对方是女性吗？"

南原表情带着痛苦与无奈的愤怒，简短地回答道："是的。"

"啊！"从新田的身后传来了穗积理沙的声音，"难道说是……偷情？"

本宫看着穗积，瞪了她一眼。穗积理沙赶快埋下头，说了声"对不起"。

新田盯着南原，确认道："是这么回事吗？"

这位曾经让穗积理沙感觉到中年魅力的研究学者，缓缓地眨了眨眼，边叹气边点头承认了，然后继续说道："对方……已经结婚了。所以我不能说出她的名字。"

4

稻垣组长听了新田等人的汇报，坐在自己的座位上双手抱胸，闭上了眼睛。稻垣组长短发，脸盘很大，眼角有些下垂。虽然平常看起来面相比较温和，但眼神里偶尔流露出的锋利目光可不是一般的厉害。

新田和本宫并排站在稻垣的面前。穗积理沙坐在离他们不远的座位上，时不时用担心的眼神看他们几眼。

稻垣组长睁开了双眼，说道："情况我已经了解了。那么，你们是怎么想的？"他下巴微动指向本宫，意思是让他先说。

"我觉得他不会是清白的，"本宫说道，"即使不是他干的也和他脱不了干系。凶手很明显是瞄准了被害者在研究室的这个机会，而知道被害者几乎每晚都独自在研究室待到很晚的人就是那么几个。研究室其他的成员都有不在场证据，所以还是这个南原最可疑。"

"嗯。"稻垣点了点头，随即把目光转向新田，"你怎么看呢？"

"我也认为南原和这件事脱不开干系。案发当晚，因为和有夫之妇的约会而无法提供不在场证据，这样的说辞太扯了。"新田说道。

"但是，这个说法也算合理。最初被问到不在场证据时，因为这个理由而撒谎还算说得过去。"

"如果真要约会的话，把那位情人叫到京都的饭店不就好了。"

"关于这一点南原是怎么解释的？"

"他说那个饭店住了很多一起参加学会的人，万一被谁撞见了就糟糕了。"

"嗯，这个说法也讲得通啊。"

稻垣的话，新田无法反驳。只能说，确实如此。

在大阪府警察的协助下，新大阪车站内书店的取证确认完成了。南原说的那个时间点，那家书店确实卖出了一本名叫《金属工业月刊》的杂志。店员虽然记不清客人的样貌了，但是记录清楚地留了下来。

但是，单凭晚上七点左右在新大阪车站内这一点，并不能作为不在场证据。如果之后迅速返回东京，还是有可能完成整个犯罪过程的。

新田试着要求南原说出情人的姓名和联系方式，并保证不会给她添麻烦。可是南原无论如何都不肯开口，表示无法相信警察。

最后，当天的审讯只能以放南原回去告终。还没有足够的证据对他进行拘留，也不能因为他无法提供不在场证据就把他当作嫌疑犯对待。

"让我们来梳理一下吧。假设南原定之就是凶手，那么与我们目前调查到的情况有没有什么矛盾之处？"

对于稻垣组长的这个问题，新田和本宫都无法马上给出答案。

"怎么回事啊？"稻垣很快就不高兴地皱起了眉头，"到底有没有矛盾？"

"倒说不上是矛盾，但是有几个疑问……"本宫说着把目光投向了新田，好像在说，你快点说啊。

"之前已经多次说过，南原的杀人动机是很充分的，"新田开口分析了起来，"十月三号晚上，潜入大学的研究室，从背后刺死被害者也不是不可能的。因为是熟人，不用偷偷躲在被害者的身后，可以找个借口站在被害者的身边，趁着被害者没有防备的时机下手。我不明白的是，把尸体移动到旁边的房间和移动被害者的汽车这两件事。这样一来可以拖延尸体被发现的时间，可是这样做对南原又有什么好处呢？"

"是啊，"稻垣轻轻地点了几下头，"还有什么吗？"

"还有一点应该也算不上什么矛盾，就是他太不讲究策略了，让我觉得不可思议。"

"策略？"

"从杀人动机上来分析，南原应该清楚地知道如果被害者被杀死，自己应该是第一个被怀疑的人。所以，是不是应该将行动计划得更隐蔽一些呢？"

"如果计划得不周详，一旦行动败露就没有退路了。可是不论怎么被怀疑，只要没有证据就没有问题，不是吗？"

"这个倒是有可能。不过我们是从饭店房间里的床没有被使用过这一点来断定南原三号晚上不在京都的，这样的话南原也太愚蠢了。另外，我还注意到一件事。"

"什么事？"

"为什么从第一次见面开始，南原就一直很奇怪我们要他提供三号的不在场证据这件事。还有这次的询问，南原也问我们为什么把案发时间断定为十月三号。所以说不定，这个案发时间对于他们来说也是计划之外的。"

稻垣纳闷地瘪着嘴问道："什么意思？"

"我想，按照南原的计划，犯罪时间应该定在第二天，也就是十月四号。也就是说，四号南原的不在场证据是充分而完美的，他在京都和很多人见过面。"

"你是说他原本计划让三号发生的案件，看起来像是四号发生的一样是吗？"

"不，不是这样的。"新田摇着头说，"在南原从我们口中得知冈岛教授的死亡日期是三号之前，他应该一直以为教授是在四号遇害的。"

稻垣瞪大了眼睛说道："按照你现在的说法，凶手就不是南原了。"

"他确实可能不是实施犯罪的人，"新田把目光投向了自己的上司稻垣，"直接动手的应该是他的同伙。按照他们当初的计划，行动应该安排在十月四号进行。所以南原也制造了完美的不在场证明。可是因为某些原因，犯罪行为被提前到三号了。这样解释的话，南原那些奇怪的言行就能理解了。你们认为怎么样？"新田为自己的推理做了个收尾。

稻垣瘪着嘴突出了下嘴唇，瞪着新田。"你怎么看呢？"说话的同时又把目光转向了本宫。

"我认为这个想法不错，"本宫说道，"虽然新田是个不知深浅、令人讨厌的家伙，但脑袋确实很聪明。"

稻垣又重新将目光转向新田，问道："那么你认为南原无法提供三号的不在场证据是偶然的喽？"

"这个我也说不好。也可能隐藏着一些和凶杀案相关的信息。至少，我们不能轻易相信他所谓的三号晚上去和情人约会的说法。"

稻垣点点头，双手拍打着自己的两个膝盖，指示道："下次的搜查会议之前把刚才的话整理一下，我去向管理官汇报。"

"是！"新田回答的声音里充满了力量。

新田推理的准确性，在接下来的搜查中被证实了。尽管有大量的搜查员在校园周围问讯，还是没能找出在案发当晚目击到南原出现的人。同时，对大学周边设置的所有摄像头的影像都进行了解析，也没有发现类似南原的人物出现。

对被害者冈岛教授的汽车也进行了彻底的科学搜查。不仅没有找到南原的指纹，从车内检测出的所有 DNA，都和南原的不一致。

假设南原和案件相关的话，实施犯罪的也另有他人——可以说这个想法是合理的。

另一方面，关于十月三号的不在场证据，南原依旧不肯松口，只肯透露那天晚上在大阪和情人约会了。

新田和南原又一次在警局的问讯室里相对而坐。"你至少告诉我你当晚所住的饭店名称吧。"

"我告诉你这个也毫无意义。这并不能证明我住在那间饭店里，因为办理入住手续的人不是我。"南原用敷衍了事的口气说道。连续多日的问讯，已经让南原相当疲惫了。

"在饭店的工作人员中，可能有人见到过你。如果找到那个人，就可以证明你不是杀害冈岛老师的凶手了。这对于你来说，不是一件好事吗？"

然而对于新田的说辞，南原并不感兴趣。

"不管怎么说我是在偷情，所以很注意回避别人的目光，你找到目击者根本就不可能。"

"这种事情，不试试怎么知道呢？"

"没有用的。而且，一旦在你们搜查的过程中查明了对方的身份就不得了了。"

"你是无论如何都要掩饰对方的身份吗？"

"这是理所当然的。她可是有夫之妇。"南原瘪着嘴说。

新田将双手抱在胸前，说道："你虽然注意不让别人看到你的脸，但是对于入住的饭店应该还留有一些记忆吧。比如说饭店大厅里有一位穿着婚纱的女性，或者是有一群爱好 cosplay 的群体也住在那间饭店之类的。只要你告诉我们是哪间饭店，我们通过确认你记忆中的事情，也可能会成为你的不在场证明。"

可是南原一言不发，眼睛直勾勾地盯着面前的桌子。

新田将双手交叉垫在头后："这样下去事情是得不到解决的，你究竟打算坚持到什么时候啊？"

新田说完这句话后，南原用充满敌意的目光盯着新田说："这正是我想说的话。"

"你是什么意思？"

"我是想问你，这种事情你还打算持续多久？"

"你说的这种事情，是指什么？"

"指的是你们多次把我叫来，反复地问我同一个问题。简单地说，你们还打算怀疑我多久？"

"这个当然要等到你洗脱嫌疑的时候。"

"请你们也站在我的立场上想一想。现在周围的人都用异样的眼光看着我，导致我根本无法工作。结果，学校也通知我让我暂时在家休养。你们这是侵害人权！"

"我知道你目前正在休息，是从调查你日常行动的搜查员那里得知的。但是我们这边都是按照规定的程序来办事的，算不上侵害人权。如果你有什么不满可以去找律师。"

南原用双手拍打着桌子，怒道："你真的认为是我杀了冈岛教授吗？"

"查案这件事，就是从怀疑所有人开始的，之后再使用排除法。首先排除有不在场证据的人，其次再排除没有作案动机的人。按照这个方法处理下去的结果就是，被害者的周围就剩下你一个人的名字了，就是这么回事。"

南原晃动着头："真是无聊至极。如果想说我是凶手的话，请拿出证据来。"

"如果你是凶手，总有一天我们会有证据的。如果你不是，就当作是协助调查了。按照你现在的态度，明天还要继续请你来到这里。"

隔着桌子，新田和南原互相对视，眼神犀利，就这样沉默了十几秒钟。

终于，南原的嘴唇动了动："是……柯尔特西亚。"

"什么？"

"大阪车站旁边的大阪柯尔特西亚饭店。我三号晚上住的就是这家饭店。"

新田点头，在自己的记事本上记录下了饭店名称。

"谢谢。要是能证明这一点就更好了，能说出和你在一起的女性的名字吗？"

"这个我已经说过多次了，这个可做不到。"南原苦着一张脸摇头说道。

"那么，对这间饭店，你留下了什么印象呢？"

"那天晚上，附近的一家餐厅好像在搞'世界啤酒展销会'的活动。饭店的房间里也放了展销会的宣传手册。然后，我是四号早晨离开的房间，正巧看见一群中国游客，他们正准备在电梯口集合。那时应该是上午九点左右。那个旅游团里老年人占了一大半。"

新田翘着二郎腿，身体倒向身后的椅子："可以了。"

"这下满意了吧？今天我要回去了，"南原一边等着新田一边说，"没问题吧？"

"当然可以了，我们只是请你过来协助调查的，没有想要侵犯人权的意思。穗积巡查——送他出门。"

坐在一旁记录的穗积理沙很有气势地起立，嘴里说道："是！"

穗积把南原带出问讯室后，新田一直坐在椅子上。他双眼望着天，脑子里快速地思考着。

第一次被带到问讯室时，南原的神情是狼狈不堪的。现在虽说有些憔悴，但基本上已经恢复了镇定。通过这几天的调查取证，南原恐怕已经确信，即使他提供不出不在场证据，只要警察这边没有掌握其他的证据就不能逮捕自己。南原很坚定地认为警察不会找到其他证据。新田推断，这就说明杀害冈岛教授的不是南原本人。现场实施犯罪的另有其人。

但是如果新田的推理成立，那么为什么凶手是在十月三号下手的呢？这一点新田想不明白。难道是因为有什么突发事件，导致不得不提前动手？如果真是这样，凶手又为什么没有将这件事告诉南原呢？南原明显不知道凶杀案发生的时间是三号。

另外还有一点，为什么凶手想要拖延尸体被发现的时间？这个疑团也一直没有解开。

这时身后的门被打开了，传来了穗积理沙的声音："我已经把南原送走，之后的工作交代给跟踪组了。"

"辛苦。"新田头也没回地说道。

"新田前辈，你干得真漂亮。"穗积用欢快的语气说道。

"你指什么啊？"

"你不是让南原说出饭店的名字了吗，那个叫大阪柯尔特西亚的饭店。"

"那也没什么大不了的。实际上，还不知道他是否真的住在那间饭店。如果他当晚真的住在那里，不过是说明了实施犯罪的另有其人。但是我不明白的是，十月三号，南原在那间饭店做过什么。为什么他如此费尽心机地不让别人注意到他，并且要消除一切他曾经住在那里的痕迹？如果他不这样做，就等于在这个案件中给自己提供了一个铁一般的不在场证据。可是那个家伙却连饭店的名字都不愿透露。究竟是为什么呢？"新田在椅子上用力地向后仰着身体，眼睛盯着天花板出神。

"听到这里我想到一个问题，会不会是南原没有说谎呢？"

新田直起身体，转过头问："你是什么意思？"

穗积理沙用一只手的食指和大拇指撑着下巴，手肘垫在另一只手上，歪着头做思考状："他会不会是真的去和情人约会了？"

新田听后惊得差点从椅子上掉下来，好不容易重新坐稳，说："你刚才那番话是认真的吗？"

"可是他就算被怀疑是杀人犯，还是坚持隐瞒对方的身份。除了偷情对象以外没有其他可能了。"

"真是愚蠢的想法。马上就要实施杀人计划的紧要关头还想着偷情，有这样的人吗？"

"那可不一定哦。假设那位有夫之妇住在大阪。南原计划第二天去京都，所以在前一天晚上去大阪和这位有夫之妇约会——会不会是这样？"

新田摇着头说："绝对不可能。"

"为什么呢？"

"你想想看啊，他现在可是被怀疑是杀人犯呢。为了拿出充分的不在场证据，曝光出偷情的对象也算不上什么事。而且南原本人又是单身，单纯为了保护对方的家庭的话，他不可能那么坚持。"

"所以说，他的偷情对象应该是个很重要的人物。对方是个他们的关系一旦败露，南原的人生就会毁掉之类的人物，比如说是校长的妻子。"

新田用鼻孔哼了一声："即使是被学校开除，人生也不至于毁掉吧。"

"这个是根据每个人的价值观来决定的。南原本人是怎么想的我们可不知道。"

　　"我知道了，既然你这么坚持，我就给你安排点任务。"

　　"好的，什么任务？"穗积理沙看起来干劲十足。

　　"去大阪出趟差。不过应该没有什么收获。不过，就是为了证明没有收获才派你去看看的。"

5

从饭店的电梯间里，走出了一位老人，他拄着拐杖朝前台走来。尚美还记得他应该是一小时之前办理的入住手续。为老人办理入住手续的，是现在正站在尚美身边的新人接待员，名叫田代。

虽然老人的步伐很缓慢，但是观察一下他的表情，就会发现他的心里并不平静。果然，老人板着一张脸径直朝前台走来。

"喂，"老人瞪着田代说，"那个房间是怎么回事啊？"

本来面带笑容的田代，笑容顿时僵住了。"请问房间有什么问题吗？"

"问题大了。你故意把我的房间安排在走廊的尽头到底是什么意思？"老人厉声问道。

尚美瞬间就弄明白了事情的始末。对于提前预订的客人的房间分配，一般来说在前一天就会大致分好。新人田代恐怕就是按照前一天的分配给老人安排了房间。但是，前台接待员需要的正是随机应变的灵活性。

"我前一次入住你们饭店的时候，给我安排了离电梯最近的房间，我当时还想，这间饭店还是挺能为客人着想的……这次你把我安排在那样的房间，光是走到电梯就要花费好长时间，你能不能用用脑子呢？"老人在说话的中途几次用拐杖敲打了地板。

田代惊慌失措地低头道歉："非常抱歉。现在马上为您更换房间，请您稍等一会儿。"

"算了，我的行李已经拆开了。换房间太麻烦。比起这个，帮我找家餐厅。"

"餐厅……吗？"

"吃晚饭的餐厅。我跟我儿子儿媳约好了要一起吃晚饭。帮我找家饭店附近的好吃的餐厅，最好是中餐。"

"如果是中餐厅的话，本饭店的三层就有一家……"

老人有些不耐烦地摇了摇头说："这个我知道。上次入住这里的时候已经去过那里了，所以这次想去一家不一样的，快点帮我找啊。"

"我知道了。要找中餐厅是吧？"田代一边确认，一边拿起了旁边的文件夹，里面记录着饭店附近餐饮店的名单。田代展开文件夹，放到老人面前，问道："您觉得这家餐厅怎么样？"

老人眉头紧锁地说："这字太小了我看不清，这家餐厅叫什么？"

田代说出了餐厅的名称，并说明了大概的位置。

"那里倒是很近。就决定去那里吧。帮我预约一下，三个成人。"

"明白了。"

"这位客人，"尚美从旁边叫住了老人，"上海大闸蟹，没有关系吗？"

"你是说……螃蟹吗？"

"在这个时节，那家餐厅推出的所有套餐，都是以上海大闸蟹作为主打菜品的。当然了，也可以要求他们把主打菜品换成别的食材，但如果这样的话，为什么不尝试一下以其他菜品闻名的中餐厅呢？比如说招牌菜是鱼翅或者是北京烤鸭的餐厅。"

老人眨着眼睛，用不可思议的表情看着尚美。

"你知道我对螃蟹过敏吗？"

尚美点着头说："上次您入住的时候得知的。"

"上一次，"老人一边说着一边回想起上次入住时发生的事情，"哦，对了，上次是你帮我们预约的餐厅。"

"您还记得我，真是太荣幸了。"尚美微微鞠躬向老人表示了感谢。

"当时我在办理入住手续的时候，提出了想预约饭店里的中餐厅，你当时立刻就帮我打了电话。"

"是的，那个时候，我问您有没有什么不喜欢的食材时，您告诉过我您对螃蟹过敏。"

"是啊。但是已经过去两个月了。我已经把这件事忘得一干二净了，而你还记得那么清楚。真是了不起。"

"承蒙夸奖了。"

"你说得对。一个对螃蟹过敏的人，没有必要选择以螃蟹闻名的餐厅。还是换个地方吧，你有什么好推荐的吗？"

尚美推荐了另一家以北京烤鸭出名的店。老人接受了尚美的推荐之后，尚美指示田代帮助老人提前做好了预约。

"这位客人，关于房间的事情……"尚美趁着田代打电话预约的时候，对老人说道，"吃完晚饭后，谁都不想长时间地走路，所以还是给您换到靠近电梯的房间吧。您刚才说行李已经打开了，如果说我们可以碰您的东西的话，在您吃完晚饭回来之前，我们会把所有的东西都移到新的房间的。"

对于尚美的提案，老人显然动心了。

一番考虑后，老人说道："如果能这样的话那就太方便了。你们可以碰我的行李。不过总觉得有点不好意思呢。"

"哪里的话。是我们考虑不周在先，实在是非常抱歉。那么您吃完晚饭回饭店时，请顺便到前台来，我们给您准备好新房间的房卡。"

"知道了，多谢。"

这时田代也打完了电话。已经顺利帮助老人预订了座位，并告知了餐厅老人对螃蟹过敏的信息。

老人的心情由阴转晴，微笑着离开了。看着老人离去的背影，田代对尚美感谢道："真是帮大忙了。不过山岸前辈，你真的太厉害了。如果是我，可没有自信能够记得两个月之前的客人的样子。"

"一边看着客人的样子，心里一边想着自己能为他们做些什么呢？而他们又对自己有什么样的期待呢？这样做的话就能记住了。"

"是这样啊。"田代嘴里答应着，却一脸迷惑。

就在这时，后面的门被打开了，走进来一个圆脸的男性。他是助理经理，吉村。

"山岸，能来一下吗？"

"好的，"尚美答应着，回到了办公室，问道，"什么事啊？"

"不好意思，一会儿能跟我一起去一趟接待室吗？"

"接待室……吗？可以是可以，请问是什么客人？"

"应该不能算是客人，"吉村压低了声音说道，"实际上是警察，还是从东京过来的。"

尚美不由得紧张起来："难道是发生什么案件了吗？"

"好像是。不过对方也不肯说具体的内容。目前就是在询问十月三号的事情。"

"三号……"

"没有必要撒谎。被问到什么如实回答就可以了。不过也注意不要多嘴，更不能透露客人的隐私。"

"好的，这一点我很清楚。"尚美干脆地回答道。

两人来到接待室门前,吉村敲了敲门。屋内传来了一声"请进"。尚美倒是有些意外，因为那是一位女性的声音。

进入房间，双方面对面时，尚美更吃惊了。对面的这位女性，怎么看都像是比尚美还要年轻，还长着一张可爱的圆脸，一点都不像警察。

女性说自己叫穗积理沙，隶属八王子南警署的生活安全科。

"实际上我们正在调查一起案件。到贵饭店来是想查查案件中相关的一个人十月三号是否住在这里。希望你们能协助我们的调查。"女性警官像是读文章似的没有任何停顿、语调也没有任何变化地说完了上面的一段话。

"十月三号，山岸你好像是晚班——是吧？"对于吉村的问题，尚美点头称是。

"晚班的意思是？"穗积理沙掏出了纸笔，做好了记录的准备。

"是从下午五点开始上班，晚上十点和夜班的人进行交接。"

"主要的工作内容是什么？"

"主要是为客人办理入住手续。还有一些在白天使用房间的客人的退房手续。"

"那么这段时间，你一直都在前台吗？"

"基本上是这样的。如果没有什么客人时，我会回到后面的办公室。"

穗积理沙从放在腋下的帆布包里拿出了一张照片，放到了尚美的面前。接着问道："十月三号，照片上的人有没有来过饭店？"

尚美拿起了照片，照片上是一个男人，留着一点胡子。

尚美心想，这个回答的方式可是有点难。实际上她觉得自己见过这个人。

"怎么样？"穗积理沙问道。

"三号，没有见过这个人。"尚美把照片放回桌子上。

"果然如此，"也许是因为已经预料到了这个答案，穗积理沙也没有特别表现出失望沮丧的情绪，又拿起了照片，确认道，"大家都说没有见过这个人，是吧？"

真是太迟钝了，尚美在心里吐槽道。她这个样子，能当警察吗？

"是的，没有见过，"尚美重复了一遍后，又补充道，"在十月三号。"

穗积理沙边点头边准备将照片收回包里。但是就在放入前的一瞬间，穗积理沙发出了咦的一声，将目光投向了尚美，问道："你刚才说十月三号没看见，那么在其他时间你曾经见过他吗？"

吉村故意咳嗽了两声，目光也投向了尚美。他好像意识到尚美要说些多余的话了。尚美看着吉村，微微点了下头，转而看着穗积理沙，说道："要是更早之前的话，我见过一个和照片里的人十分相像的客人，"尚美的言辞选择很慎重，"那是在我们饭店开业之后一个月左右，我曾经见过这样一个人。"

"真的吗？他是用真名办理入住的吗？他的名字叫作南原定之。"

"真是不好意思，名字我就记不住了。"

"关于这个人，有没有发生什么特别的事情？什么样的事情都可以。"

"这个嘛……"尚美歪着头回想起来，"他在办理退房的时候，我和他聊了几句。他好像是前一天入住的，离开的时候不小心把饭店的物品——一条毛巾装到了自己的手提包里，因此我们交谈过。那条毛巾最后交给了我，也是我返还给客房服务人员的。因为发生了这样一个小插曲，所以我才记得这个人。"

"还有其他的吗？"

"没有了，就这些。"

"你记忆中只在那天见过他吗？"

"虽然前面已经说过了，但十月三号没有见过这个人。"

"那好吧。"穗积理沙一脸遗憾地垂下了眉头。看着她的样子，尚美觉得实在是很可怜。可是饭店工作者就是饭店工作者，绝对不能打破规则。

"已经可以了吗？"吉村开口问道，"这个时间应该比较忙了，可以的话就让山岸回到工作岗位去吧。"

"啊，好的……已经可以了。感谢你们的配合。"

尚美和吉村一起走出屋子。两人一边走吉村一边说道："刚才你其实没有必要说曾经见过那个男人。"语气听起来很不高兴。

"不好意思。我觉得那位警察特意从东京赶过来，如果没有任何收获的话多少有些可怜。"

"既然能把调查交给那样一个小姑娘，没有收获也是意料之中的事情。你可能没有必要为她担心。"

"也许是这样吧。"尚美嘴上虽然这么说，但是不得不承认自己的内心深处对吉村的说法还是不能完全认同。只是如实回答被问到的问题，对方没有问到的就缄口不言，这样做真的对吗？

尚美回到前台，开始为客人办理入住手续等业务。客人陆陆续续到达饭店，期间没有出现什么突发情况，时间就这样过去了。

手上的工作告一段落时，尚美的眼中出现了一个小跑着穿过大堂的女性的身影。正是穗积理沙。她正在跟服务台处的服务人员说着什么，手里拿着的还是那张照片。可以看到服务员们轻轻地摇着头。

尚美想，还是在问那个问题吧，也就是"十月三号那天，有没有见过这个男人"。

穗积理沙问过了其他的服务员和行李员之后，乘坐扶梯向上一层走去。上面一层设有餐厅和商店，她应该是打算去问问那里的服务人员吧。

终于到了晚上十点，完成了与夜班人员的工作交接后，尚美正准备回更衣室时，撞见了一脸不悦的吉村也从前台撤了下来。看见他嘴里好像在嘟囔着什么，尚美便问道："发生什么事了？"

"那位女警官啊，还没有离开呢。不仅向饭店员工询问，连客人都问呢。只要被她知道是我们饭店的常客，就拿出那张照片，问客人有没有见过照片里的人。"

"是这样啊，还真是有韧性呢。"

"差不多就放弃吧。我们这边可是刚刚开业的饭店，要是因此传出不好的传闻就麻烦了。"

"那个人，现在在哪里呢？"

"还在大堂。又不能把她赶出去，真是太头痛了。"吉村叹着气说。

尚美又返回了前台环视了大堂一圈，发现了穗积理沙的身影。她坐在沙发上，上半身向后仰着，好像是在打盹儿。

尚美从前台的一侧走出来，朝着穗积走过去。"穗积小姐。"尚美来到她身边，叫了一声。可是穗积似乎没有要醒来的意思。

尚美又在她耳边叫了她一声，这次穗积的身体痉挛似的抖动了一下，猛地直起上身，然后反复眨了几下眼睛，才看清楚眼前的尚美，发出了"啊……"的声音。

"你好像很疲惫呢。"

"真不好意思，在这里睡着了。"穗积一边说着一边用手梳理自己乱糟糟的头发。

"如果你想休息一下的话，我可以带你去员工休息室。"

"不用了，没关系的。我订了住宿的地方，是比这里便宜很多的商务饭店。"

"今天打算住在大阪吗？"

穗积点着头说："嗯，上面跟我说让我坐明早的第一班车回去。"

"第一班车，那很辛苦呢。"

"明天上午还有搜查会议要参加。不过，化妆可以在新干线上解决。"穗积说着开始用自己的左拳敲打右边的肩膀。好像是右边的肩膀有些酸痛。

"做一位女警察，辛苦的地方看来很多啊。"

"嗯，那倒是。不过我也是做好了充分的心理准备才选择这一行的。"

"穗积小姐，你为什么想要成为一名警察呢？"

"嗯……"穗积理沙先思考了一下，"用一句话说，就是想惩罚所有的坏人。我可是非常喜欢水兵月①的。"

听了她的回答，尚美忍不住笑了起来，不禁开始想象穗积小时候的样子，应该跟现在差别不大吧。

"但是现实是很残酷的，"穗积理沙忽然显得有些垂头丧气地说，"现在，我只能给男性警官做辅助工作。重要的工作是不会交给我的。"

"是这样啊。"

"所以这次来大阪出差，我本想争口气找出些有用的线索让他们看看。因为他们认定了这次出差必定会无功而返，所以才派我过来。真是把我当成笨蛋了。"

"这怎么行呢，命令你过来的是男性吗？"

"倒不是命令，提出这个想法的是警视厅搜查一科的男刑警。他以精英自居，而且自信心超强……不过，他头脑确实很聪明。"

尚美觉得这种情况是可以想象的，职业女性的敌人无处不在。

尚美弯下腰，单膝跪在地板上，对穗积说道："我想问问，刚才照片上的那位男性他自己说十月三号曾经住在这里吗？"

"是的。"

"他是一个人吗？"

---

① 日本动漫《美少女战士》中的主人公，可以变身为水手月亮，与黑暗势力做斗争。

"据他本人说好像还有同伴，和情人的……啊。"穗积意识到自己失言了，赶快用手捂住了嘴巴。

看来是和一位女性一起。

"那么，入住和退房的手续，都是他的同伴办理的吧？"

"嗯，他本人是这么说的。"

尚美点了点头，又回头确认了一下前台的情况。目前前台只有一个新人接待员在那里，完全没有注意到尚美和穗积两个人。

尚美又将头转回穗积理沙的方向，靠近她说："有些话想告诉你，能跟我过来一趟吗？"

"欸？"穗积理沙显然对此毫无准备，显得一脸茫然，问道，"是什么事情呢？"

"也许会对你有所帮助。可是在此之前，我们之间也必须做一个约定。"

"约定？"

"这个我一会儿跟你解释，你先跟我过来吧。"尚美说着站了起来，朝着电梯间的方向走去。穗积理沙也一脸迷惑地跟在了后面。

两人乘坐电梯来到了四层。四层设有举办宴会的场地。现在这个时间这里一片寂静。尚美让穗积理沙坐在走廊里摆放的沙发上，自己则坐在她的旁边。

"我想要和你约定的事情，并不是别的，就是我接下来对你说的话，将来不可以作为正式的证词。也就是说，这些只是我的想象，并没有作为证词使用的价值。不仅如此，我这样做，可以说是对入住我们饭店的客人的一种严重的背叛。但是我看到了穗积小姐你如此认真拼命，希望能助你一臂之力，所以才想告诉你一些事情。怎么样？你能遵守我要求的约定吗？"

穗积理沙似乎被尚美的气势压倒了，向后挪了挪身体，不住地眨着眼睛，最后点头说道："我知道了，我跟你约定。今天我从山岸小姐你那里听到的内容，绝对不告诉任何人。"

尚美叹了一口气，说道："那我就相信你的话。刚才那张照片，能再让我看看吗？"

穗积理沙答应着从包里掏出了照片。尚美看了照片后，点了点头。

说道："正如我刚才说过的，十月三号，我没有见到过照片上的男性。但是，这位男性那天很有可能住在我们饭店。"

"为什么呢？"

"为了说明这个理由，有必要先跟你说说这位男性上一次住在这里时发生的事情。"

"啊，就是那个，"穗积边说着边翻开了记事本，"刚才我也问过了其他人。是七月十日。他用自己的真名南原定之办理的入住手续。跟你记忆中的一模一样，真了不起。"

"承蒙夸奖。实际上那一天，那位女性也入住了我们饭店。入住手续是我办理的，留下了非常深刻的印象。因为她身上散发着一股玫瑰的香味。"

"玫瑰？"

"使用香水的人不少，可是香味穿过前台还能被闻到的就很稀有了。但是绝不是令人讨厌的味道，是一种优雅的香气。所以我不由自主地和她说了几句。"

穗积理沙带着迷惑的神色听着尚美的叙述。她一定是还没想明白，这些和自己的调查有什么关联。

"第二天早上，发生了一件有些特别的事情。有一位男性在办理完退房手续后，发现自己不小心把饭店房间里的毛巾装到了包里，于是把毛巾还给了我。"

"啊，"穗积发出一声惊呼，打断了尚美的话，"刚才说的……就是这个男人吧。"穗积看向手中的照片。

"是的，当时是我接过了毛巾，那个时候，我暗暗地大吃了一惊。原因是，那条毛巾上散发着玫瑰的香味。一定没错，和那位女士身上散发的味道是一样的。"

"那也就是说……"穗积理沙瞪圆了双眼，嘴巴像鲤鱼吃鱼食一样成了 O 字形。

"接下来就是我的想象了，"尚美说，"中间的细节虽然不清楚，但是女士去了男性的房间，然后使用了房间里的毛巾。这就使毛巾上沾有了她的味道，然后男性又不小心把毛巾混进了自己的行李中。应该就是这么回事吧。"

"就是说两人之间是那种关系，然后在这间饭店秘密约会喽。"对于穗积理沙的猜测，尚美歪着头说："这种可能性也存在，但我感觉不是这样。"

"不是这样是指？"

"我觉得那两个人那天应该是第一次见面。"

"为什么这么说呢？"

"首先，他们各自预订了房间。如果是打算密会，有一间房间就足够了。其次，两个人都是用信用卡结账的，也就说明两个人都是以真名入住的。"

"这样啊，但是，如果是假借工作之名来大阪的话，不真的预订一个房间就拿不到发票，而且不用真名也不行吧。"

"也有些道理。不过，如果是事先约定的密会，就不会去酒吧了吧？"

"酒吧？"

"男性的账单明细中，显示了他在饭店的空中酒吧里有过消费。我记得当时他在酒吧的消费金额很高，对于一个人来说，多少有些不合理。而且，他还叫了客房服务，点了一瓶香槟。香槟这种酒可不适合一个人喝。所以我推测，两人应该是在酒吧里认识的，随后女士去了男性的房间，两个人又叫了一瓶香槟继续喝。"

"欸……"穗积感叹了一声之后，眼睛直直地盯着尚美。

"有什么问题吗？"

"在饭店里工作的人都是这样吗？如此细致地观察着客人的一举一动，然后做出各种各样的想象？"

"不是，不会总是这样……我们只是观察着客人的样子，想着怎样才能为他们提供更好的服务。"

"但是，三个月之前的事情哦，居然记得如此清楚，真是太厉害了。"

"这也没什么大不了的。"

但实际上尚美确实对这两个人有特别深刻的印象。首先是接过了男性递过来的毛巾，闻到了上面沾染的玫瑰香味后就觉得很奇怪，然后过了不久女士也办理了退房手续。等他们两个人离开之后，尚美仔细地查看了他们的账单明细，在心里默默做了各种推测。作为一个饭店工作人员，这种行为倒不值得提倡。

"七月十号发生的事情我已经清楚了。问题是十月三号，这位男性有没有来过这里？"穗积再次拿出了照片。

"最关键的问题我好像还没有说呢。我认为十月三号那天他很有可能入住了我们饭店。我的理由是，虽然我多次说过那天没有见过这位男性，但是那位女士，十月三号确实住在这里。"

穗积理沙的眼睛明显瞪大了一圈，问道："是那位身上有玫瑰花香的女士吗？"

"她办理退房手续的时候，我刚好在前台。为她办理手续的是别的接待员，但我在旁边看了一眼，觉得应该是她。她当时虽然戴着太阳镜,但我应该不会看错。当然了,就算她十月三号确实住在这里,也不一定是和照片上的男性一起来的。"

"那位散发玫瑰香气的女士,能告诉我她的名字吗?"

尚美向后移动了一下身体,说道:"这个可不行……"

穗积理沙低下了头,双手合十做请求状,对尚美说道:"我知道。在工作上的立场来说,你是不能够透露客人的姓名的。但是,为了能够逮捕到真正的凶手,无论如何拜托了。就是这样。我从山岸小姐这里听到的话,绝对不会告诉任何人的。"穗积保持着请求的姿势,连续行了几个礼。

尚美叹了口气说:"请抬起头,你这样做也是没有用的。记住经常入住的客人的名字尚且不容易,对于只办理过一次手续的客人,想要全部记住他们的名字是不可能的。"

尚美没有说谎。即使是那位身上散发着玫瑰香气的女士,自己在仔细查看她的账单的时候,也只是瞥了一眼她的名字。现在已经完全没有印象了。

"这样啊,说得也是啊。剩下的只能靠我们自己去查明了。"穗积理沙失望地挠着头说。

"你们还是通过正式的搜查行动去证实吧,这样才是最妥当的。但是,穗积小姐,请无论如何都不要忘记我们刚才的约定。把照片上的男性和玫瑰香气的女士联系到一起,这些只是我的想象推测。把我的话当作证词,结果万一证明是错误的,那么我们饭店的信用就要扫地了。即使我的想象是对的,但是和案件无关,那么我就是严重侵害了客人的隐私,并且违反了保密守则。"

"我知道的。我们之间的约定我一定会遵守。也不会把山岸小姐的名字说出去的,请放心。"穗积理沙充满自信地拍着胸脯说。

6

听完穗积理沙的汇报，本宫百无聊赖地吐着烟圈。

"也就是说，没有找到南原那个混蛋住在大阪柯尔特西亚的证据是吧？"

"确实没能发现他住宿的痕迹和看见他出现在那里的目击者，"穗积理沙用略显强硬的语气说道，"但是，饭店最顶层的天空酒吧确实举行过'世界啤酒展销会'，也确认了十月四日上午有一个中国旅游团办理了退房手续。"

本宫撇着嘴，略微歪着头说："仅仅知道啤酒展销会的事情，是不能作为证明他三号住在那里的证据的。至于他知道有一个中国团也是一样。最近一段时间，哪里的饭店都经常有中国人出入不是吗？也有可能是南原那个混蛋随口胡说的事情，碰巧说对了呢。"

"话虽这么说……"

"好吧，好吧，真是没办法。本来派你去的目的就是为了证明不会有收获，是吧，新田。"

新田接过了本宫踢过来的球，说道："就是，而且目前还没有掌握什么能够在搜查会议上汇报的情况。"

"我先跟组长大致汇报一下吧。"本宫掐灭了烟头，对穗积说了声辛苦，转身离开了吸烟室。

新田也跟着走了出去。闻着衣服上沾染的烟味，他表情很痛苦，嘴里说道："为什么不吸烟的人，要跟吸烟的人一起在吸烟室会谈呢，隔离简直失去了意义。"

"那个……新田前辈。"跟在后面走出来的穗积，小心翼翼地好像想说些什么。

新田抢先说道："你拿到大阪柯尔特西亚饭店十月三号的住宿名单了吧。你去查一下里面是否有可能跟南原有关联的人。不过，如果真的跟这次的事件相关，应该也不会用真名入住。但是这种机会渺茫的调查，你也先着手做起来，上面逼得可是很紧。"

"关于这个案件，我想起了一件事，"穗积说着竖起了食指，比了个一的姿势，"在泰鹏大学第一次见到南原时的情景。"

"你说什么？"

"是味道。他的身体散发着一股微弱的香气。"

新田皱着眉头，目光回到了穗积的脸上："香水？"

"是的，是一股玫瑰香。"

"是吗？"

"确实是这样。之前我没有说过，我对味道的反应很灵敏。"穗积指着自己的鼻子说，"我的父母说我鼻子灵得可以和狗比赛了。一般人闻不到的味道我也能闻到。跟南原见面时就是这样。"

"是吗，然后呢，那又说明了什么？"

"那个时候，我脑海里闪过一个念头：他一个大男人还喷香水呢。不过一想可能是闻错了，就把这件事忘在了脑后。刚才我偶然间想到，会不会是从别人身体上沾染的香气呢？"

"你是说他身上的香味是从别人身上沾染的？"

"是的，有这种可能吧。"

"这个嘛，有倒是有，可是是从谁身上沾过来的呢？"

"这就是问题的关键。南原是单身，也没有公开交往的对象。但是，他身边肯定有这样一个女人，关系密切到能够把身上的香水传给他。"

新田皱起了眉头，用手指着穗积理沙的胸口说："你不会是想说南原在大阪秘密约会的那个情人的身上喷着玫瑰香气的香水吧。"

"四号南原一直在京都参加学会，如果香气是从别处沾染的，只能是发生在三号晚上。那天晚上，南原说他和一位女性在一起会不会是真的呢？是不是情人我们就不得而知了，但两人的关系肯定不一般。"

"我们可是十月五日才跟南原第一次见面。两天之前沾染的香气，能保留那么久吗？"

"衣服上一旦沾染了香气，味道是很不容易消散。因为这个而偷情败露的例子我就知道好几个。"

新田站在那里，双手抱在胸前，俯视着穗积理沙，问道："即使真的是这样，你准备怎么找出那个女人？"

"我认为，"穗积理沙开口说道，"南原说他曾经住在大阪柯尔特西亚是真的。因为他没有理由说谎。不过这次出差，我确实没有能够查到他入住的蛛丝马迹。"

"所以呢，你打算怎么办？光是盯着住宿名单，也找不出谁是喷着香水的女人。"

"我从饭店那里也借出了住宿登记表。在那上面亲笔签名的时候，很有可能会留下指纹。"

"那又能怎样？你难道想一张张闻着住宿登记表，然后找出其中沾染玫瑰香气的那一张吗？"

"我没有在开玩笑，"穗积一脸认真地迎着新田的目光说道，"刚才在汇报的时候我已经说过了，南原在七月十日那一天也入住了大阪柯尔特西亚饭店，说不定也是和那位喷着玫瑰香水的女士一起。"

"他那天是用本名办理入住的，所以他应该不会在那天与人约会吧？"

"这个如果不确认一下是不知道的。"

"怎么确认呢？"

"实际上，我还拿到了七月十号的入住登记表。如果能够和十月三号的进行指纹对比，即使不是使用真名入住的，也可以确认是同一个人。"

从穗积理沙的语气中，可以感受到她的自信，这一点让新田有些意外。新田一直盯着穗积，直到她有些受不了了。

穗积理沙好像想要逃避新田的目光似的向右上方看去。

新田在心里左思右想之后，嘴里嘟囔了一句："这个想法还不错。"

穗积理沙的表情瞬间变得明朗起来，说道："还不错吧。"

"查找实际动手的凶手的工作也没什么进展，目前，只能是从南原身上下手。如果你的调查方法能够成为使南原说出实情的最后一张王牌，那就万事大吉。我去向组长推荐一下。"新田说着大步流星走了出去，穗积理沙则一路小跑跟在后面。

稻垣等人接受了新田和穗积的提议。很快，大规模的指纹对照工作就启动了。七月十日和十月三日这两天每天入住的客人都多达数百人。但是，如果缩小到单身女性的范围，数量就很有限了。

在进行正式的指纹对照之前就已经明确了有几位客人在这两天都入住了这间饭店。只要客人使用的是真名，看签名就可以查明。其中大部分都是饭店的常客。

开始指纹对照工作的第二天，稻垣把本宫、新田和穗积理沙三人都叫了过去。

"鉴定结果已经出来了。"稻垣说着，把用 A4 纸打印出来的画像放到了桌子上。

本宫拿起了资料，新田也从一旁凑了过去。

纸上打印出来的是两张住宿登记表。一边的日期是七月十号，另一边的日期是十月三号。

"两者的指纹一致吗？"

对于本宫的问题，稻垣简短地回答道："嗯！"

新田确认了一下署名。七月十号那张署名为"畑山玲子"，十月三号那张的署名则为"铃木花子"。

从"子"这个字来看，两者的笔迹明显极其相似。新田提出了这一点后，稻垣重重点了点头，说道："从笔迹上来看，应该可以确定是同一个人。"

"铃木花子……啊，这个很明显是假名吧。"本宫说道。

"铃木花子"登记的住址是东京都港区南青山。而"畑山玲子"登记的住址是横滨。

"畑山玲子是真名。"稻垣小声说道。

新田不由自主地瞪大了眼睛，问道："真的吗？"

"当天，她使用了信用卡。在住宿者名单里留下了记录。"稻垣边说着边用锋利的目光望向穗积，说，"这可能是个大功劳呢，穗积。"

年轻的女警官猛地绷直了后背，说道："谢谢您的夸奖。"同时低下了头。

稻垣苦笑了一下。

"现在高兴还为时过早。我们还没有证实南原是不是和这个女人在一起。"稻垣又把目光转向了本宫，指示道，"立即对这个女人展开调查，但注意不要打草惊蛇。"

"是的，我明白。"本宫说道，"如果南原真的和这个女人在一起，那么背后一定有些复杂的隐情。"

　　"确实如此。辛苦你们了。"稻垣的眼中闪烁的光芒暗淡了下去。

7

　　走近架子上摆放的类似罐子的装饰品,穗积理沙踮起脚尖窥视了一下里面的内容。罐子约有五十厘米高,表面用鲜艳的色彩描绘着展开的扇子和绽放的鲜花。准确地说,这应该不是罐子,是花瓶吧。

　　"选择这类东西作为装饰品的人的想法,我真是不明白。特意准备好一个架子,然后在架子上摆上这么一个孤零零的罐子,简直就是对空间的极大浪费。"

　　"别把这里跟你自己的房间混为一谈。这里宽敞得很。如果不摆放些这样的东西作装饰岂不是很煞风景。"新田说着环顾着屋内。房间大概有二十叠大。真皮沙发被摆放成 U 字型,中间夹放着一张大理石茶几。

　　"确实是,太厉害了。美容沙龙,有那么赚钱吗?"

　　"这个嘛,就要根据经营方式来看了。比起这种无所谓的事情,你还是别碰那个罐子了。"看到穗积理沙已经开始触摸那个罐子后,新田提醒了她,"那个罐子可是有田烧。根据它的大小,价值应该在一百万日元左右。万一打碎了,你几个月的薪水就泡汤了。"

　　"啊!这个这么贵啊,真是不得了,不得了。"穗积理沙赶快返回,坐在了新田旁边。

这两个人，拜访了畑山玲子在横滨的公司。公司的经营内容包括美容沙龙和健身俱乐部。两人在前台表明了身份，提出想见公司的社长之后，就被领到了这间接待室。

没过多久门外就传来了敲门声，新田说了声"请进"，同时站了起来。

门打开后，一位女性走了进来。身穿白色套装，套装里面配着粉色针织衫。根据事先的调查，她的年龄在四十岁左右，但实际看起来还要年轻一些。面部五官充满了异国风情，及肩长发搭配得赏心悦目。

"让你们久等了，工作上实在是脱不开身。"畑山玲子用沙哑的声音说道。

"哪里的话。是我们冒昧来访。"新田边说边出示了证件，随后又介绍了自己和穗积理沙。

可能是因为女性警官比较少见吧，畑山玲子饶有兴趣地打量着穗积理沙。

"请坐吧。"畑山玲子伸出左手，做了一个请的姿势。新田感觉到面前有一阵轻柔的风拂过。

"那就不客气了。"新田坐到了沙发上，和对面的畑山玲子正好是面对面。就在那一瞬间，新田觉得畑山玲子的眼神好像猛地一下就把自己的心紧紧抓住了。

"请问找我有什么事呢？"畑山玲子问道。

魂不守舍的新田赶快回过神来，重新调整了一下坐姿，舔了舔嘴唇。

"实际上我们现在正在对一起案件进行调查，其中有一些事情，无论如何都需要畑山小姐协助调查。"

"什么事？"

新田向旁边的穗积理沙递了一个眼神。也许由年轻的女警官发问对方更容易接受一些,这也是稻垣的想法。

穗积理沙翻开了记事本,做了一个深呼吸,紧张的心情表现得一清二楚。

"我们想问问关于十月三号的事情。那天,畑山小姐在哪里呢?"

新田则一直注视着畑山玲子,不想错过她任何一个微小的表情变化。但是很可惜,并没有在她的脸上发现慌乱和狼狈的神色。

"到底是什么案件呢,跟我有关系吗?"

"这个我们无可奉告。案件的内容在目前这个阶段还不能对外透露……不好意思。"

畑山玲子深深地吸了一口气,挺起了胸膛,微微抬高了头,俯视着穗积说道:"对于警察我不是很了解,但是被问到何年何月在哪里的时候,应该就是确认所谓的不在场证据吧。在某个案件中,我被列为怀疑对象了吗?"

"不,绝不是这样的……"

"那是怎么回事?"

"是这样的。一个与案件相关的人主张十月三号那天自己在某一个地方。为了确定他的话是否真实,我们会询问那天被认为同在那个地方的其他人。如果我们得到的回答被确定与案件无关,那么所有的谈话记录都将被销毁。所以无论如何请协助我们的调查。"穗积理沙拼命解释着。她之所以能够这么流畅顺利地回答对方的问题,一定是事先已经预想到了会被问到吧。

"请等一下。这么说你们已经知道了我那天的行程了,是吗?"畑山玲子问道,声音中流露出一丝不愉快。

穗积理沙偷偷地瞥了新田一眼,应该是拿不准该如何作答吧。

"是的,"新田十分干脆地回答,"诚如你所说,我们大体上已经查明了，这次希望从你本人口中得到验证。"

可以看到畑山玲子的眼中迅速闪过一道凌厉的光芒，接着问道："你们怎么知道的呢？是从谁的口中得知的吗？"

"这个你可以自己去想象，我们在搜查时会用到各种手段。"

女企业家那张充满了异域风情的脸上的表情一瞬间消失了。新田能够感觉到她此时正在脑子里进行着激烈的思量与算计。

终于她还是开了口："这是关于我个人的隐私，我不太想说。"

"请一定配合我们的调查。"新田说着做了拜托的姿势低下了头，旁边的穗积也学着新田一并低下了头。

"真是没办法了，"畑山玲子叹着气无奈说道，"那天我在大阪。"

新田抬起了头："在大阪的哪里呢？"

直直地迎着新田的目光，畑山玲子说："在大阪柯尔特西亚饭店。"

"一个人吗？"

"是的。"

"你当天住在那里了吧。"

"是的。"

"你住在那里的目的是什么呢？"

畑山玲子右侧的漂亮眉毛向上抽搐着跳了一下，说道："我为什么要告诉你们我的目的，根据刚才的说法，我没有必要说这些的。"

"你说得对，我们失礼了。"新田立刻表达了自己的歉意。看来对头脑聪敏的女性使这个小伎俩是没用的。"你是用真名办理的入住吗？"

畑山玲子调整了一下呼吸，轻轻地摇了摇头："没有，我用了化名。"

"为什么使用化名……啊，不，这个问题你可以不回答。你用的化名是什么？"

她在回答这个问题之前也停顿了一会儿，说道："铃木花子。"

"你几点入住饭店，又是几点离开的呢？"

"入住是十月三号的下午七点左右，第二天的上午十点多退房离开的。"

身边的穗积理沙快速把她的回答记录了下来。确认穗积已经记录好了之后，新田迎着畑山玲子的目光问道："你经常去大阪吗？"

"一年会去几次吧，那边有我们的分店。"

"但是你十月三号那次去大阪不是为了工作吧，因为你住饭店使用了化名。"

畑山玲子用锋利的目光扫了新田一眼后，看了看自己的手表。

"如果你们没有其他问题的话，就先请回吧。"

"还有最后一个问题，有样东西想让你看一下。"新田给穗积理沙使了个眼色。穗积从包里拿出了一张照片，问道："你见过照片上的男性吗？"正是南原定之的照片。

畑山玲子瞥了一眼照片，淡定地回答道："不认识。"

"请再仔细看一下，"新田一边观察着对方的反应一边追问着，"你在大阪的饭店没有见过他吗？"

"我从商多年，很擅长记住别人的长相。但是这个人我没有印象。问完了吧，我没有时间了。"

"可以了，多谢你的配合。"

之后穗积理沙也表示了谢意，不过畑山玲子已经等不及似的站了起来，转身离去了。

走出了畑山玲子的公司，新田说道："这下坐实了。就是那个女人，不会错的，你也这么认为吧？"

"肯定是有点问题。从一开始，她就对我们很警惕，被问到不在场证据时，还表现得很不高兴，这一点也很可疑。"

新田停下了脚步，对穗积问道："就只有这些吗？"

"欸？"

"警察突然造访，有所防备是理所当然的。没有说明案件的背景就被问到不在场证据，任谁都会不高兴。她的这些反应都很正常，没有什么可疑的。"

"那么，你是根据什么断定的呢？"

新田盯着穗积理沙："你真的不知道吗？"

穗积满脸疑惑地眨着眼睛。新田摸了摸自己的鼻子，说道："她喷了玫瑰香味的香水，一见面我就闻到了。"

"啊！"穗积理沙恍然大悟似的张大了嘴。

"你没闻到吗？狗一样灵敏的嗅觉怎么了？"

"嗯……这个嘛，我今天鼻子的状态不佳。不过你这么一说确实是有一股香气。玫瑰的香味，是的。"

在穗积解释的过程中，新田一直盯着她看，导致她有些不好意思地向后退了一步，问道："怎么了？"

"不，没什么。回本部去报告吧。"新田说着迈开了步伐。

"仅仅因为闻到了玫瑰的香味，是不能作为决定性证据的，"听了新田等人的汇报，稻垣阴沉着脸说，"对方是什么状态，表现得狼狈慌乱吗？"

新田一边撇了下嘴唇一边摇着头说："相反，她很理直气壮。也说不清是因为她本来就是清白的，还是早就做好了对付警察的心理准备。不管是因为什么，她都不是个省油的灯，不容小觑。"

"但是至少她承认了三号那天在大阪柯尔特西亚饭店。"

"她应该是觉得隐瞒也没用吧。她已经意识到警察既然来了，就一定是掌握了一些确凿的证据。如果谎话编不圆的话，反而会被各种盘问。"

"也许是吧，那么，接下来打算怎么办呢？"稻垣询问身旁本宫的意见。

"问题是那个女人到底跟案件之间有什么关系。不，说起来我们得先确定她究竟是不是南原的情人。"

关于这个问题，新田的心中也没有答案。南原在大阪的饭店约会的女人应该就是她，可是实在看不出她跟案件有什么关系。

关于畑山玲子的背景，大体上也调查清楚了。她是横滨一位富商的独生女，在当地的大学毕业后前往美国留学两年。回国后，在外资企业工作了一段时间。三十岁时，在父亲的支援下开始创业。以肌肤护理闻名的美容沙龙获得了极大的成功。此后，开始以首都圈为中心开设分店。三十二岁结婚。结婚的对象是比她年长十岁、从她开店时就作为她的左右手辅佐她的工作上的伙伴。目前两人仍然维持着婚姻关系。也就是说，如果南原的情人真的是畑山玲子的话，那么南原的那句"十月三号的晚上在和有夫之妇约会"的供词就是真话了。

畑山玲子和她丈夫没有孩子。早年丧母的她目前唯一有血缘关系的亲人就是现年八十二岁的父亲。她的父亲今年春天也病倒了，一直处于昏迷状态，应该已经康复无望，随时都可能离开人世。

无论怎么调查，都找不出与本案相关的突破点。而且，她和南原之间应该也毫无关联。目前只能认为畑山玲子自身是和案件无关的。

南原再一次被叫到了问讯室。这一次，新田试着给他看了畑山玲子的照片。

"三号晚上，和你约会的人是照片上的女性吗？"

这次新田清楚地捕捉到了南原惊讶的神色以及波动不安的内心

状态。南原应该是没想到警察会查到这一步吧。他内心告诉自己要保持镇定，脸上的肌肉却不由自主地僵硬起来，连耳朵都憋得通红。一旁就坐的本宫的眉毛微微动了一下。

但是南原并没有承认。"不是的。"他像是呻吟似的说道。

"你真是搞不清状况。为什么还要装傻呢？如果你承认的话，你的不在场证据就成立了。如果担心你们两人的关系败露，我们总能想出办法帮你们保守秘密的。关于对方的丈夫，我们完全可以隐瞒你们之间的关系，所以你还是快点说实话比较好。"

可是南原的态度依然没有改变，反而说道："我没有装傻。我只是在说事实，我和那位女性根本不认识。也请你们适可而止吧！"

听着南原充满怒气的话，新田只能看着本宫和穗积理沙的脸，三人面面相觑。

最终也没有问出什么，只好让南原回去了。

回到特搜本部后，三人向稻垣汇报了刚才的情况。听到了南原否认的消息，组长一脸阴沉地应了一声。

"到底是怎么回事呢？根据他的反应，绝对是没错的。那个女人就是他的情人。为什么就是不坦白呢，真是理解不了。"本宫的语气中充满了愤怒。

稻垣又把目光投向了新田，问道："你呢？怎么看？"

"我和本宫前辈意见一致。看了照片之后，南原很明显已经动摇了。"

稻垣嗯了一声后点了点头，说道："如果你们没有看错的话，南原是有不在场证据的。可是他为什么要隐瞒呢？即使背上杀人犯的嫌疑也要隐瞒的事实到底是什么？"

对于上司的这个疑问，本宫和新田同时陷入了沉默，他们对此都百思不得其解。

8

穿过面前的自动门，双脚踏入了一个被雅致的深茶色墙壁包围着的空间。在调节得明暗相间的灯光下，摆放着几张真皮座椅，让人感觉仿佛置身于高级饭店或者酒吧之中。

"欢迎光临，您好。"从左侧的接待处走出来了一位穿着套装的年轻女性，微笑着打着招呼。

新田一边走近一边把手伸进了上衣内侧兜里，穗积理沙也从后面跟了上来。

"不好意思，我们不是客人，是警察。"新田说着出示了带有身份证件的徽章。

女性的笑容顿时僵在了脸上。看着她的反应，新田继续说道："我们想见见这里的负责人。"

"请稍等。"女性说完拿起了身边的电话，小声地嘀咕着什么。过了好一会儿，终于挂断了电话，对新田说："店长一会儿就过来。"

很快，一位看起来三十岁左右的女性出现了。她自我介绍叫前村，随后把新田等人带到了员工室。员工室里杂乱无章地摆放着很多桌椅，还有几位员工在一旁工作。墙边的架子上堆积着很多纸箱子。这里的环境和刚才的入口大厅处相比完全是两个世界。

员工室里面有一块隔出来的空间，放着用于接待的简易沙发。新田和穗积并排坐在了那里。

这里是畑山玲子经营的多家美容沙龙之一，不过这里又和别处不同。这间是男士专门店。

"今天我们过来，是有些事情需要确认。"新田例行拿出了南原定之的照片，问道，"照片上这个男人来过这家店吗？"

前村看了照片后，显得一筹莫展，说道："我也无法记得所有客人的长相……"

"那么我们可以提供他的名字。你来对照一下你们的会员名单。"

"有倒是有，但是这涉及客人的隐私，我一个人可做不了主。"

"那么，你去和上面请示一下吧。如果需要搜查令的话，我们也可以去申请。"

前村困惑地眨着眼睛，说道："我需要和公司的董事商量一下。在这座楼里设有办公室，董事就在那里。"

"那就有劳你了。"新田摆出了拜托的姿势。

前村离开后，新田松了松领带。再看看旁边的穗积理沙，已经不知何时拿到了店里的宣传册，自顾自地看了起来。

"嗯……还有人专门来脱胡子啊，还是留着一点胡子比较帅气。"

听了穗积的话，新田想起了南原定之就留着一些胡子。

南原会不会是美容沙龙的客人呢，稻垣提出了这个想法。如果真是这样的话南原就有可能与畑山玲子在这里相识。这个想法让一直认为美容沙龙只有女性客人的新田觉得茅塞顿开。

这时新田注意到有人走了过来，是一位男性，刚才的前村店长也跟在后面。

新田刚要起身，那位男性示意新田不用站起来，抢先开口说道："不用客气了，真是辛苦你们跑一趟。"同时递上了自己的名片。他的职位是专职董事，姓名是矢部义之。

"在你们百忙之中，还向你们提出这么麻烦的要求真是抱歉。"新田表达了自己的歉意。

"没有，你们的工作也很辛苦呢。"

矢部义之看起来大概五十岁上下，身材适中。五官长得很有气质。头发剪得很短，给人干净清爽的感觉。新田心里暗想，不知道是不是男性美容院的功劳。

"前几天你们也去过畑山那里吧？"

对于矢部义之的这个问题，新田觉得有些意外，反问道："您知道这件事啊？"

矢部义之噗的笑了一声，说道："她是我的妻子。"

"欸？"

"我是畑山的丈夫。因为工作的原因我还在用原来的姓氏。"

"啊……"新田感叹着再次确认了一下名片上的信息。也就是说，眼前的这个人现在的名字是畑山义之。

"前几天你们问了我妻子关于她的行踪吧，现在又要来调查客人的情况……到底发生了什么案件呢？"

"非常抱歉，这些信息暂时不能公开。况且我们也不清楚全部的情况，只是完成上司交办的任务罢了。"

对于新田的解释，畑山似乎并没有完全认可，他点头说道："是这样啊……嗯，你们是想查一位男性是不是我们的会员是吧？"

"是的，就是这个男人，他叫南原定之。"新田给他看了南原的照片。

前村在畑山的后面问道："我去查一查吧？"

"不行，如果我们单独去查，警官们恐怕会不放心吧。把会员名单和来宾名单交给他们，由他们去亲自确认吧。"说完畑山又看向新田，确认道，"这样比较好是吧？"

"如果可以的话。"

畑山对前村指示道："你带他们去看吧。"

"穗积，拜托了。"新田对穗积理沙说道。穗积干劲十足地点了点头，起身站了起来。

两位女性离开以后，畑山开口问道："照片上的那位男性，是某个案件的嫌疑人吗？"

"不，现在还什么都算不上。"新田含糊其词地说道，心里头却在嘟囔着，这个人有可能是你妻子的情人呢。

新田拿起了穗积理沙刚才看的那张宣传册。在宣传册的下方印着各家分店的一览表。

新田问道："据说目前是你们夫妇共同在经营这家企业，但当时创业者好像是你妻子呢。可是她以三十岁的年纪就取得了如此成功，真是不得了啊。你一定给了她莫大的支持吧？"

"我并没有起到什么了不起的作用。"

"是吗？"

"我的妻子，她具有能够使事业取得成功的三个必要条件，"畑山竖起了右手的三根手指说道，"那就是爱，勇气，还有运气。这些东西谁都多少拥有一些，可是她身上具有的这些不是一般地强大。当把这三者结合起来时，她就会爆发出不可思议的力量，甚至具有撼动人心的力量。而我，只是默默地跟在她的身边。所以，即使是要我入赘到她家，我也从来没有犹豫过。"

"这样也没什么不好。如果爱很强烈的话，你的妻子一定也热烈地爱着你吧？"

"嗯，这个理所当然。"畑山没有一丝丝的害羞，接着补充道，"我也很爱我的妻子，无论发生什么我永远都会守护她的。"

"这样的话真是让人感动啊。"

"谢谢。"畑山低头致谢。

面前的这个男人可能已经意识到了自己的妻子在偷情了——新田突然有了这种感觉。

又过了一会儿，穗积理沙回来了。"查得怎么样？"对于新田的这个问题，她失望地摇了摇头。

9

新田将目光从电脑屏幕上移开，用手按摩着自己的眼睑。由于用眼过度，眼睛已经出现了钝痛的感觉。试着摇晃了一下头部，肩膀上的骨头发出了嘎巴嘎巴的响声。

定睛一看，穗积理沙已经在远处的一个座位上张着嘴巴睡着了。说不定这会儿还在打呼噜。

旁边正好有一个空的塑料瓶，新田随手拿了起来朝向穗积扔过去，不偏不倚打中了她的头部。

穗积醒了过来，眼睛滴溜溜地四处看着。

"喂，"新田对着穗积说道，"要睡觉的话就去别处睡。别在这儿分散我的注意力。"

"啊，对不起。"穗积理沙边说着边用手背擦拭了一下自己的嘴角，看来刚才还流口水了。

两人正待在警察署内的小会议室里，他们把南原定之和畑山玲子的背景资料全部搬了进来，希望通过资料找出他们的关联点。不过到目前为止，还是没有任何发现。

"我呀，认为我们做这种工作是没有用的。"说完，穗积理沙像是意识到了什么似的，慌忙摆着手说，"啊，那个，我并不是说这项工作很无聊啊。"

"为什么会没有用呢？"

"因为我认为他们两人并没有交集。七月十日在大阪柯尔特西亚饭店应该是他们第一次见面。也就是说，玩玩一夜情。"

"为什么你敢这么肯定呢？"

"这个嘛，女人的直觉吧。"

新田脱口而出地切了一声，接着说道："假设你的直觉正确，对于南原来说畑山玲子就不是什么重要的人。那他就不会担心对方与自己偷情的事情被揭露出来，也应该早点交待十月三号那天的事来给自己提供不在场证据。"

"嗯，这样听来也有道理。"

"但他没有这样做，就说明这其中一定有什么不可告人的内幕。换句话说，如果查清了这个疑点，我们就离破案更近了一步。所以你就别在这里说三道四了，眼前的资料要一个不落地确认好。"

穗积理沙伸出一只手做举手状，嘴里答应了一句"好的"。新田皱起了眉头，心想，这是在小看我吗？

案件搜查遇到了瓶颈。连续多日，大量的搜查员四处奔走，可并没有查出什么有用的线索。冈岛孝雄的周围，除了南原定之以外没有找到任何一个有作案动机的人。但是，也没有任何证据显示南原就是嫌疑人。这个时候还出现了怀疑是流动偶然性作案的说法。具体地说，就是以盗窃为目的案犯进入了研究室，发现了冈岛，因为怕冈岛发出呼救声所以就杀了他。这个倒不是不可能，问题是盗窃犯进入研究室想要偷的是什么呢？更有甚者，还出现了说是学生们为了偷考试题而干的这样稀奇古怪的说法。当然，这个猜测马上就被否定了，因为考试题根本就不放在研究室。

新田此前的南原雇凶杀人的说法依然存在。可是，把南原的周围人员查了个遍，实在找不出可以帮助南原杀人的人选。这时又出现了暗黑网站的假说。在网络上，存在着几个集中着一群没有工作、只要给钱什么都干的人群的网站。南原会不会是进入这种网站招募了杀手？

但是对于这种猜测，负责调查南原财产状况的那组人员提出了反对意见。根据他们调查到的情况，到目前为止，南原的账户里没有大额资金转出，况且他原本就没有足以用来支付买凶杀人费用的存款。因为他几年前买了公寓，现在还有一些外债没有还清呢。

听了他们的分析，新田又产生了一个新的疑问。如果南原真的雇凶杀人，那么他能给对方的报酬是什么？如果他拿不出巨额的资金，作为回报他能提供什么呢——

新田正盯着电脑想这个问题想得出神，忽然被一阵奇怪的铃声打断了。穗积理沙拿起了自己的手机。

"嗯，是我……上班呢，当然了……这不是理所当然的嘛。"穗积边说边从椅子上站了起来，准备朝门口走去，听她的口气应该是朋友或者家人的电话，"……你这是什么意思啊，我这边给一科的刑警做辅佐工作也是很辛苦的……当然是真的啦。"听到这里，新田吃惊地瞪大了眼睛，难道是警署内部人士吗？

"我每天都是团团转呢，团团转，明白吗？就是成天东奔西走的……欸？割草啊？听起来很好玩啊……好啊，我一会儿就去问问能不能交换……那就这样吧，好的，加油哦。"穗积理沙结束了通话，她最终也没有走出房间，这时又回到了座位。"不好意思。"穗积说了一声。

"要打电话就出去打。"

"对不起。"

"你刚才说什么？割草？"

"啊，刚才那个女孩，是我在交通科的一个朋友，这次的案件他们负责在大学校园周边寻找凶器。据说今天连割草都让他们做了。"

"嗯，那还真是挺辛苦的呢。"

不过片区警察也差不多就是这样。他们的工作就是处理一些杂务。

"我说他们的工作听起来好像挺有趣的，就被问到要不要交换看看。"

"原来如此，然后你就回答说要去问问看是吗？"

"是的。割草和问讯，哪个比较轻松呢？"穗积理沙歪着头说。

"工作哪有轻松的？特别是与搜查相关的。"

"果然是这样啊。"

"这是当然的啦。就算是组长和主任他们，在分配工作时，既要考虑搜查员的构成和人数，让他们发挥所长，又要考虑任务分配上的公平性。你试着交换位置试试看，就会充分了解对方的辛苦了——"说到这里的时候，新田的脑海中忽然灵光一闪，腾地一下从椅子上站了起来。

"啊，"穗积本能地向后躲了一下，问道，"怎么了？"

但是新田并没有回答，站着闭上了眼睛。他在整理刚才脑海中一闪而过的念头。有没有矛盾点和错位的环节呢……

新田终于睁开了眼睛，穗积理沙无言地抬头看着他。

"到底怎么了？"穗积理沙有些胆怯似的试着问道。

"我找到答案了。"新田边说边向门口走去。

10

新田沿着走廊走到了会议室的门口。这时会议室的门打开了，有三个人正从里面走出来。新田停下脚步，给他们让出了一条路。三人之中的其中一个是不直接管理新田的上级管理官，另外两个人是其他组的组长和主任。那位管理官像是在观察新田似的一直盯着他看，但是什么也没有说就从他的面前走了过去，主任也跟着走了过去，只有组长停下了脚步。

"我们已经商量好了，"组长长着一张四方脸，脸上浮现出了令人害怕的笑容，"你真是找到了一个关键的突破点，干得漂亮！"

"承蒙夸奖。"

"我跟稻垣组长说过了。如果你们不要新田的话随时告诉我，我准备把他接过来。"

"非常感谢您的厚爱。"

组长拍了拍新田的肩膀，沿着走廊离开了。

这里不是八王子南警署，而是警视厅搜查一科所在楼层的走廊里。

新田敲了敲会议室的门。"请进。"里面传来了稻垣组长简短粗犷的声音。

稻垣和本宫正在屋子里等待新田。桌子上还堆放着一些资料。

"坐下吧。"稻垣对新田说。于是新田坐在了他们的对面。

"那边的案件内容大体上掌握了吗？"稻垣开口问道。

"刚才，我稍微了解了一下。属于深川西警署的管辖区域是吧？"

稻垣点了点头，拿起了一页资料，说道："八月二日早晨的七点十分接到的报案。报案人是居住在江东区深川的一位家庭主妇，称看到一个女性倒在路上，而且好像已经死亡。医疗救援队和警察马上赶到了现场，当场确认了死亡。随后根据她的随身物品确认了她的身份——"

"她的身份是居住在附近的餐饮店员工，名叫伊村由里，二十八岁。"新田补充似的说道。

"脖子上留有勒痕，应该是致命原因。"稻垣说着放下了资料，继续说道，"她工作的地点是银座的一家俱乐部。最后一次被人目击是八月二号的凌晨两点左右。她跟店长等人告别后，离开店里。之后又被目击到在俱乐部附近乘坐上了一辆出租车。应该是下了出租车后，回到自己的公寓之前的这段时间被人袭击致死的。案发现场是从大路通向公寓的一条近路。由此可以推断，应该不是随机作案，而是在十分了解被害人的日常行动以及习惯的基础之上的有预谋的犯罪。"

"在俱乐部那种地方工作，犯罪嫌疑人应该会很多吧。"

"这种话千万不要在公开场合说，会被指责成职业歧视的。实际上，她在工作上与人并无冲突，和客人之间也没有乱七八糟的关系。私下生活比较朴素，人际关系上也没查出什么特别的地方。因为她周围实在是没有什么矛盾点，所以随机作案的说法渐渐有了些说服力。这时，在被害者的家中找到了一封信。"

"一封信？"

"寄信人是一位男性，收件人写着被害者母亲的姓名。她的母亲在多年前已经去世了。信上写着二十多年前的日期。信上的内容除了表示对她母亲健康的关心之外，还涉及一个重大的秘密。寄信的男性在信中承认了被害者是自己的女儿。还提到了自己离世之后希望女儿能继承遗产之类的内容。"

"那位男性是……"

稻垣把桌子上的资料转了一个方向，推到新田面前，然后用手指着资料上的一个名字。

"畑山辉信——也就是畑山玲子的父亲。"

"她的父亲，现在应该是昏迷状态，已经时日不多了吧？"

"是的。"

得到了稻垣肯定的回答。新田一边点着头，一边和稻垣、本宫互相交换了眼神，说道："原来是这么一回事。"

"深川西警署的特搜本部，并没有查明伊村由里和畑山玲子有过接触的证据，"本宫开口说道，"但是，在伊村手机的通讯录里记录着畑山辉信的电话号码。还有几次通话的记录，最后一次给对方打电话的时间是今年三月。"

"畑山辉信陷入昏迷状态应该是在此之后。那么伊村在机缘巧合之下得知了这件事后，很有可能去见了畑山玲子，"新田说道，"为了宣布自己也是畑山辉信的孩子。"

"是的，"稻垣缩了一下下巴，继续说道，"被害者虽然没有被畑山辉信正式承认，但她手里有当年的信件作为证据。而且是否亲生，只要通过 DNA 鉴定就能知道了。如果诉诸法律，应该被判定为非婚生子吧。"

"只要被认定，非婚生子也是可以继承遗产的。那么，畑山玲子的财产就要被夺走几成了。"

"畑山一家大部分的资产都还在父亲辉信的名下。但是畑山玲子早已认定这些资产早晚都是由自己一个人来继承，所以才有胆量进行那么大手笔的创业活动。经过调查，发现畑山玲子的公司的经营状况也不是很好，她本来希望父亲能在生前把财产赠予自己。可是她的父亲现在处于昏迷状态，无法进行赠予了。"

"也就是说伊村由里的出现，使得畑山玲子的如意算盘就要落空了。"

"查到这一步的时候，深川西警署的搜查本部整个沸腾了，"本宫右侧脸颊上的肉抖动了一下，皮笑肉不笑地说，"他们认为终于找到有作案动机的人了。"

"可是结果却出人意料，"新田将视线移回到稻垣身上，"畑山玲子应该有不在场证据吧。"

"而且是完美的不在场证据，"稻垣再次指着资料的一角说道，"七月二十九号至八月十号之间，畑山玲子和她的丈夫一起在加拿大旅行。"

"国外吗？"新田直了直腰说，"果然厉害，跟南原不是一个量级的。"

"她的不在场证据很快被确认了，"稻垣接着说道，"所以对方的搜查本部也和我们一样，想要找出可能是畑山玲子同谋的人，可是怎么都查不出来。"

"所以后来连搜查本部都解散了，是吧？"

"别在那里幸灾乐祸的，"稻垣眼神中透露出一点怒意，"我们这边还不知能查出什么呢。"

"我知道了，那么，下一步打算怎么办呢？"

"首先是进行 DNA 鉴定。从被害者的指甲里，检测出了非本人的 DNA。如果可以确认和南原的一致，这两起案件就合并侦查。还有其他问题吗？"

"没有了。"

"好的，"稻垣说着站了起来，"但是我们也没有必要悠闲地等待鉴定结果，赶快去做下一步的准备吧。"话音刚落，稻垣已经走出了房间。

新田将目光从被稻垣关上的会议室大门上转移到了对面的本宫身上。那位前辈却瘪着嘴，眯着眼睛盯着新田。

"你有什么不满吗？"

本宫发出了啧啧的声音。

"你现在一定觉得很爽吧。大胆的猜测被验证的感觉怎么样啊？"

"现在还没有证明我猜对了呢。"

"别口是心非了，看你这一脸得意。不过，确实是很了不起啊。因为你的推理，不仅仅解决了我们的难题，很可能还帮助别的搜查组解决了他们的难题。组长也可以趾高气昂一下了吧。"本宫用一只手松了松领带，站了起来，拿起了挂在旁边椅背上的上衣，说道，"走吧，去揭晓谜底！"

"了解。"新田也站了起来。

本宫口中的由新田提出的大胆的推理就是"交换杀人"计划。

如果南原真的让别人帮他完成杀人计划，他能给对方提供什么作为报酬呢？如果没有巨额财产，那么与对方的杀人行为对等的回报只有一个——帮助对方杀人。对方帮助南原把他希望解决的人杀死，而南原再帮助对方杀死对方需要解决的人。这样一来，被害者与杀人者之间实际上没有任何关联，无论警察对被害者的人际关系怎么调查，都查不到杀人者的头上。同时，委托杀人的人可以在这期间制造一个完美的不在场证明。这个计划简直就是一石二鸟。

那么南原又是与谁结成了交换杀人的联盟了呢？他和同盟者之

间的关系，应该也是警察查不到的。

　　想到这里的时候。新田的脑海中浮现出了畑山玲子的名字。南原即使背上杀人的嫌疑，也要隐瞒和畑山玲子之间关系的真正原因，会不会是因为畑山玲子就是与自己联合执行交换杀人计划的同盟者呢？

　　如果说这个推理成立，那么在悬而未决的杀人案件中，肯定有一件是畑山玲子存在重大嫌疑，可是她又有确凿的不在场证据的案子。

　　听着年轻部下这天马行空的推理，稻垣组长虽然一脸讶异却听到了最后，并在听完推理的五分钟之后，就给管理官打了电话。之后又过了六个小时，就得知了深川杀人案的详细情况。因为同属警视厅管辖范围内的案件，搜查一科理所当然都有参与。刚才从会议室走出来和新田说话的那位组长，就是那个案件实质上的搜查负责人。

11

　　南原定之以杀人罪被逮捕了。拿到逮捕令的是负责深川杀人案的搜查人员。决定性的证据是 DNA 的鉴定结果。从被害者指甲中检测出的 DNA 与南原的 DNA 的一致程度达到了 99.9% 以上。

　　南原开始全面招供的地方，不是深川南警署，而是在警视厅的问讯室。

　　据当时的调查负责人反馈，当南原知道自己被逮捕是因为深川杀人事件的一瞬间就已经做好了思想准备，毫不慌乱地用平静的语气交待了事情的经过。

　　南原招供的内容，很快就传到了新田他们那里。内容大致如下：

　　南原和冈岛孝雄之间的关系，到去年为止还是很好的。和企业共同推进的新材料的研发，也马上就能到达胜利的终点了。南原在这个项目上投下了自己作为研究者一生最大的赌注。回顾南原走过的人生，绝不是一帆风顺的。他在助手时期跟随的教授只专注于学校内部无聊的派系斗争，对学术研究却不肯花费心思。安排给南原的工作都是一些无关紧要的杂事，导致他没有时间专注于自己的研究内容。即便如此，如果跟随的教授在派系斗争中赢了倒也罢了，可结果恰恰相反，教授被排挤到别的大学了，像是中途被流放了。

在那之后，南原又跟随过好几个教授。"基于极限点的 MKE 制法"就是南原在如此恶劣的研究环境中研发出的成果。因为这个南原才当上了副教授，可以说是他唯一的金字招牌。所以他曾经很感谢同意把这个方案纳入项目的冈岛教授。

但是，到了今年马上就要投入市场的时候，冈岛却提出要转换方针，放弃已经基本确定的南原的技术，重新引入一种新技术。

南原对此无论如何也无法接受。这是他经过长年累月的积累才发明出的自己特有的技术，而且还取得了专利。正因为期待自己的专利能够被采用，他才能够对其他的种种困难折磨忍耐至今。

但是冈岛教授好像下定了决心，已经开始为换方案做准备了。虽说这是跟企业的共同研究，但是项目的总负责人是冈岛教授。只是一个小角色的南原根本无法扭转这种局面。

就在这种郁闷的情绪到达了顶峰的七月，南原有事去了大阪，晚上住在了大阪柯尔特西亚饭店。吃完晚饭，南原来到饭店最顶层的酒吧喝酒。因为是一个人，就坐在了吧台的位置。

那天晚上南原的旁边坐着一位女性，身上散发着玫瑰的香味。因为调酒师的一点失误两个人搭上了话。然后南原知道了她今天也是一个人，因为工作的原因来到了大阪。

这个女人就是畑山玲子。

随后两个人就聊开了。因为冈岛的事情已经压抑了许久的南原，在交谈中找回了阔别多日的愉快心情。畑山玲子是一位集理性与性感为一体的女人。在和她聊天的过程中，南原仿佛看到了不一样的自己。那天的酒也格外好喝，在酒精的作用下，南原的脑细胞也空前地活跃。

很快到了酒吧打烊的时间，南原试着邀请她去自己的房间里继续喝酒。她痛快地答应了。

大家都是成年男女。在喝了客房服务提供的香槟之后，两个人就发生了关系。南原当时并没有注意到畑山玲子戴着结婚戒指。他想，反正就是一夜情。

但是事态的发展却超出了南原的控制范围。

也许是因为喝了酒，神经得到了放松。两个人做爱后，南原将冈岛的事情告诉了畑山玲子。而且，南原还亲口说出了希望冈岛现在立刻去死之类的话。说完之后，南原觉得有些过了，暗自后悔起来。

但是畑山玲子对于这件事的反应完全出乎了南原的意料。她听了之后说，如果真的那么恨他，就把他杀掉吧。

南原震惊了，他自己从来都没有这样想过。不对，也不能说完全没有想过，只是把这种方式从选项中直接删除了。因为南原知道，一旦冈岛被杀，那么首当其冲被怀疑的就是自己。

南原说出了自己的担心之后，畑山玲子的眼神中闪过了一道邪恶的光芒，她说自己倒是有个好主意。然后，畑山玲子又坦白地说出实际上自己也有一个想要杀死的人。

就这样，畑山玲子提出了交换杀人的提议。也就是说，作为畑山玲子去杀掉冈岛的回报，南原去杀死畑山玲子的目标人物。南原和畑山玲子之间没有任何关联，所以警察能够意识到他们两个是共犯的可能性基本为零。当然了，在调查被害者的人际关系时也无法查出现行犯的线索。

南原刚开始还觉得事情很突然，一时难以接受，可是听了畑山玲子的说明之后，越来越觉得这是个很棒的主意。

但是自己真的能做到去杀人吗？当南原说出了心里的担忧后，畑山玲子马上面带微笑地说："我知道如果是你，一定能做到，因为你是个有行动力的人。"看着畑山玲子那双闪着妖艳的光芒，魅惑人心的眼睛，南原仿佛被催眠了一样，竟然开始觉得杀人什么的很容易就能够做到。南原甚至开始觉得，一直把杀人列在选项之外的自己是那么不中用。

随后，南原也开始积极地出谋划策。两个人越聊越投机，聊的内容也渐渐向现实中如何实行计划靠拢了。

两个人的谈话到接近天亮才结束。畑山玲子离开南原的房间时，他们已经商量出了一个十分具体的行动计划。在离开大阪柯尔特西亚饭店的当天，他们就各自买了一个预付款式的手机，作为将来的联络工具。

而且那个时候就已经决定，由南原先展开行动。因为畑山玲子的父亲随时都可能撒手人寰，所以她说希望越快解决越好。因此南原又让畑山玲子给自己写了一份同意交换杀人的证明书。为了防止畑山玲子中途反悔。在证明书上要求畑山玲子亲笔签名后，还在旁边按上了手印。

之后他们又经过了多次沟通交流，计划变得越来越具体了。只要两个人一打电话，畑山玲子就会重复说你一定能做到，还经常说你是我认可的人，不可能做不到之类的鼓励。每次听完后南原都像打了鸡血一样感觉浑身充满了力量。

畑山玲子原本就有跟丈夫一起去加拿大旅行的计划。这是南原动手杀死畑山玲子的目标人物——伊村由里最好的时机。

最初，南原用了几天的时间观察伊村由里的日常行动，终于找到了一个绝好的下手时机，就是伊村由里下班，乘坐出租车到达目的地以后步行的这段时间。每天深夜，她会穿过一条没人走的小路回家。万幸，附近还没有安装摄像头。

当然了，杀人可不是一件容易的事。南原总是会担心自己能否顺利完成。这个时候，只要想起畑山玲子的那句"是你的话，一定能做到"，南原就会觉得自己的身体里充满了力量。同时，这次的目标是和自己素不相识的人，也减少了南原现实中的恐惧感。

于是，在八月二号的凌晨两点，南原犯下了罪行。他从后面追上了进入空地的伊村由里，趁着她回头之前从背后用绳子勒住了她的脖子。身材娇小的伊村由里力气不大，甚至都没怎么反抗。确认她已经死亡后，南原迅速离开了现场。不可思议的是，南原依然没有什么真实感，连心跳的频率都没有变化。他脑海里只有一件事，那就是终于可以让冈岛消失了。

伊村由里的尸体是第二天早上被发现的。经过一段时间的观察，警察始终没有出现在南原面前。这时畑山玲子打来了电话，说警察已经去过自己那里了，但因为自己的不在场证据十分充分，警察也就没有再继续怀疑。

这样看来他们计划的第一阶段已经顺利完成了。接下来对于南原来说，就是想尽可能早点把冈岛孝雄解决掉。于是他问畑山玲子准备什么时候动手。

她的回答是，为了让警察不把两起案件联系到一起，时间间隔最好在一个月以上。南原认为她想得很周到，就同意了。

时间到了九月末的时候，南原接到了畑山玲子的联络。她说她那边已经准备好了，问南原希望哪天下手。南原提议可以在十月四号下手，因为他十月三号要出发去京都。

畑山玲子又提出了十月三号晚上要见一面的提议。可以最后再商量一下细节，也可以再坚定一下自己的决心。对此南原并没有异议。一想到可以再一次拥抱到畑山玲子，南原不禁精神振奋起来。

见面的地点选择在大阪柯尔特西亚饭店并没有什么特别的意思。非要说出个所以然的话，那就是离京都的学会会场很近，又是两个人初次相遇的地方。

十月三号，南原有意躲避着他人的视线，来到了大阪柯尔特西亚饭店。畑山玲子已经事先开好了房间。南原直接进入畑山玲子告知自己的房间号，与她再次相会。

按照她的计划，打算四号晚上使用刀作为凶器，杀死冈岛孝雄。冈岛教授经常会一个人在研究室留到很晚，这个也是从南原那里得到的信息。

听说她要用刀，南原吃了一惊。他觉得女性应该很难做到用刀杀人。

可是畑山玲子却说，正因为是女性所以才只能选择用刀。

第二天早晨，南原离开了饭店，赶往京都。他今天的任务就是制造出一整天的不在场证据。实际上，从白天到夜晚，南原跟很多人有接触，而且在很多地方留下了自己的痕迹。

到了五号的白天，南原终于接到了意料之中的通知。冈岛的尸体被发现了。听说他是被刀刺入致死的，南原就认为一切都是按照计划进行的。

之后，南原联系了畑山玲子。她说希望南原把当初签署的保证书还给她。于是两个人约在了东京车站见面。

在东京车站内的一个角落里，南原把保证书交给了畑山玲子。在此过程中，两个人没有任何眼神或语言上的交流。分开后，南原把跟畑山玲子联系时使用的预付费手机扔进了河里。

在南原看来，一切都进行得很顺利。所以在泰鹏大学里见到警察时，南原没有一丝不安。

可是警察的问题却出乎他的意料。

警察问的是，十月三号晚上，你在哪里，做什么——

12

南原招供后的第二天早晨,新田和负责深川事件的搜查员们一起,造访了畑山玲子的公寓。造访的目的是把她带到警局协助调查,不仅仅是她,还打算把和她一起居住的丈夫畑山义之也带走。

畑山玲子夫妇居住的高级公寓安保系统非常严密。跟公寓的管理事务所说明了情况之后,警方打开了正面大门的自动锁,因为在到达畑山夫妇的房间之前,不想让他们察觉到警察来了。

他们的房间在四层。确认了门边贴着的名牌后,一位刑警按下了门铃。那个刑警穿着公寓管理人员的制服,是刚刚借来的。其他刑警都藏到了从屋内的猫眼看不到的位置。

"是谁啊?"门铃的扬声器中传来了一位女性的声音。是畑山玲子。

"我是公寓管理员,有点事情想要确认一下。"变装的刑警慢悠悠地说道。演技十分逼真。

屋内终于有了动静。解锁的声音刚落,门被打开了。

变装的那位刑警行了问候礼后,用手扳住了打开的门,然后向她出示了自己的警察证件,用低沉有力的声音说道:"我们是警察。你是畑山玲子吧,请你跟我们走一趟。"

新田等人也走上前来。畑山玲子瞪大了眼睛，大声叫喊道："你们是警察？发生什么事了，为什么要来找我们？"

　　随后，从屋内传来了一阵声音，是有人吧嗒吧嗒跑动的声音。

　　新田推开了挡在门口的畑山玲子，穿着鞋子进入了屋内。在宽敞的客厅尽头，有一个阳台。透过玻璃，新田看见一个穿着睡衣的男人正准备越过阳台的栏杆。

　　新田立刻横穿过客厅，朝着阳台飞奔过去。可是就在新田到达的前一秒，男人跳了下去。然后，就听到了扑通一声钝响。

　　新田从阳台向下望去，发现了畑山义之呈大字形倒在了已经开始有些枯萎的草坪上。

　　对畑山玲子的问讯工作，落在了本宫和新田头上。安排畑山玲子坐在房间一角后，新田坐到了她的对面。这次问讯本来应该由级别较高的本宫来主导，可是本宫对新田说"这个案子是你的，你就负责到最后吧"，把这个机会让给了新田。

　　畑山玲子看起来似乎很平静。她开口说的第一句话就是："我的丈夫现在怎么样了？"

　　"好像是重伤，"新田说道，"毕竟他是从四层楼坠落下来，头部也受到了重击，现在还昏迷不醒。"

　　畑山玲子低下了头，嘴里嘟囔着："他怎么这么傻。"

　　"你的丈夫为什么做出那种事情呢？"

　　"这个……"畑山玲子缓缓地歪着头说，"到底是为什么呢？"

　　"应该是……为了保护你吧。"

　　"保护？"

　　"他一定是觉得只要他一死，你就不会被逮捕了。现在没有任何证据能够证明你和南原之间有关联，只要你一口咬定交换杀人只是南原编造出来的故事就可以了。"

听了新田的这番话，畑山玲子的目光径直盯着他，做了一个深呼吸。新田毫不回避地迎着她的目光，再次开口道："调查了一下你丈夫的毛发，通过对比，证明了与在冈岛孝雄车内发现的毛发完全一致。根据这条证据，我们就可以以杀人嫌疑将他逮捕了。"

畑山玲子眼中的光芒看起来暗淡了一些，说道："是这样啊。"

"你的丈夫如果能恢复意识，我们还可以询问他具体的情况。但是你的丈夫不一定会说真话。而且，他很有可能一直昏迷不醒。那么，怎么办呢？你会说南原口中的交换杀人计划一派胡言，都是他编造出来的吗？"

畑山玲子的嘴角微微上扬，露出了淡淡的微笑，说道："这种主张，你觉得能通过审判吗？"

"应该不可能吧，"新田想都没想就脱口而出，"南原没有任何理由去杀害伊村由里。但是他确实是那件案子的凶手。对于这个疑点，南原招供的内容能够提供合情合理的解释。而你丈夫去犯罪的理由也讲得通。如果我是陪审员，一定会毫不犹豫地赞成有罪。"

畑山玲子轻轻点了点头。看她的表情，好像是下定了什么决心。

新田向前探出了身体，继续说道："有一点我不明白。你为什么要背叛南原呢？如果你按照原计划十月四号动手，他就有完美的不在场证据了。"

畑山玲子叹了口气，说道："我觉得那样的话不合适。"

"不合适？怎么说呢？南原有充分的不在场证据对你有什么不利吗？"

"如果南原的不在场证据过于完美，那么警察可能就会认为他有共犯。那么沿着这条线查下去，说不定就会联想到交换杀人。但是如果南原没有不在场证据，警察就永远都无法接近真相。"

"因此，你才特意约南原在十月三号那天晚上见面的吧。"

"是的。就是为了毁掉他的不在场证据。"

"他的不在场证据确实被毁掉了。虽然他交待了自己在大阪和居住的饭店名，可是他绝对不肯透露当天是和谁在一起的，因为这会牵扯到两个月之前自己犯下的杀人案。那么移动冈岛教授的尸体，又把他的车停在其他停车场，都是为了拖延尸体被发现的时间吧。如果尸体在十月四号就被发现，南原就会意识到你有可能背叛了他，这样一来你就无法拿回那张保证书。"

畑山玲子点着头说："就是这么回事。"

"原来如此，你想得可真周到。"

"这些都是我丈夫想出来的。我跟他说明了和南原之间的交换杀人计划后，他表示赞同，随后又帮我策划了后续的事情。"

"还有一件事，对于你和南原之间的关系，你丈夫是怎么看的？他一定很生气吧。"

畑山玲子却摇了摇头说："我们之间，已经有很多年没有夫妻生活了。但是我们是同盟，比任何人都了解对方。我丈夫也有情人，对此我也是视而不见。我们之所以不离婚，是因为找不到离婚的理由。而且，在夫妻这个名义头衔之下，有很多事情很方便。"

"也就是所谓的假面夫妻吧。但是你丈夫曾经说过，他很爱你。"

"嗯，我当然也很爱他。所以我们之间的关系很好。他是我最信赖的人。"畑山玲子说这话时，鼻子还微微上扬，言辞之间流露出一丝自豪感。

就在这时，传来了敲门声。本宫站起来，过去开了门。在和敲门的人轻声交谈了几句后，又回到了新田那里，然后对着新田耳语起来。听了本宫的话后，新田用力点着头，随后将目光转移到畑山玲子的脸上。

"有个好消息，"新田说，"你丈夫好像已经醒过来了。"

畑山玲子闭上眼睛，仿佛压在心里的一块石头终于落了地，嘴里说道："那就太好了。"

"你丈夫似乎已经承认了自己的罪行，并且有话要带给你。"

"有话？"

新田看着已经睁开眼睛的畑山玲子说："他说没有能够保护好你，非常抱歉。"又继续说道，"看来他确实是你最值得信任的人。"

畑山玲子莞尔一笑，说道："这个我刚才就说过了。"

"另外还有一件事想要问你，"新田说，"是关于玫瑰味道香水的事。"

13

将畑山玲子交给检察院的两天后，新田又来到了八王子南警署。为了把放在特搜本部的各类资料搬运到警视厅，今后的取证和追加调查将会以警视厅为据点开展。

新田刚到曾经被设置为特搜本部的礼堂，穗积理沙就追了过来。

"新田前辈，听说已经破案了。真是辛苦了。"穗积精神振奋地说着，深深行了个礼。

"你也干得很好，组长还叫我来向你表示感谢呢。"

"真的吗？太感动了。"穗积理沙两手托住下巴，作感恩状。

"我也有点事想跟你说。"

"什么事啊？"

"在这里不方便说。看你现在好像没什么事，跟我过来一趟吧。"新田说着已经朝出入口的方向走了过去。

新田一时也想不出适合密谈的地方，便带着穗积理沙来到了屋顶。刚好屋顶没有人。

"应该可以揭开谜团了吧。现在这里只有我们两个人，把你隐瞒的事实说出来吧。"

面前的这位圆脸女警警戒地向后退了一步，说道："你在说什么呀？"

新田一脸不耐烦地摆着右手说道："别装傻了，是玫瑰味香水的事情。"

"欸……"

"就是你从大阪出差回来那天的事情。你大致汇报了情况之后，无意中提到了第一次见到南原时的情景。你说你在他身上闻到了玫瑰花香水的味道。实际上，这些都是谎话吧。"

穗积理沙露出了畏惧的神色，后退了一些说道："没这回事。"可是语气却越来越弱，明显底气不足了。

"你别想敷衍过去。实际上我对自己的嗅觉也是有些自信的。可是那天，我并没有在南原身上闻到香水味。"

"我的鼻子可是比狗还灵的……"

"可你那比狗还灵的鼻子，在第一次见到畑山玲子的时候，似乎并没有闻到她身上的香水味吧。虽然你当时搪塞过去了，可还是逃不过我的眼睛。"

"那个时候我鼻子的状态……"没等穗积说完，新田就打断了她，"我跟畑山玲子本人也确认了。我问她十月三号那天是否使用了香水，她否认了。因为不想给周围的人留下印象，那天就没有用。所以南原身上根本不可能沾染了香气。"

穗积理沙把眼睛瞪得溜溜圆，忽闪忽闪眨了几下，从鼻孔里重重呼出了一口气，鼻孔都有些鼓出来了。

新田朝着穗积的方向上前了一步，说道："怎么样？都这个时候了还要装傻吗？你还想坚持说在泰鹏大学第一次与南原见面时，他的衣服沾染了香水味吗？"

穗积理沙有些不好意思地缩着脖子说："对不起。"

新田用鼻子哼了一声："终于决定要坦白了，从一开始我就觉得很奇怪。"

"这其中是有很多缘由的。"

"应该是吧。就是因为我也是这么想的，所以一直到今天才说出来。那么现在可以说说了，为什么要说谎呢？我推断你应该是在大阪柯尔特西亚饭店掌握了一些线索吧。"

"正是这样。但是我听到的内容是不能作为证词来使用的。"

"这是什么意思？"

"这个就说来话长了……"

虽然有所准备，但穗积理沙接下来的叙述还是让新田有些吃惊。据她所说，故事的主角是一位聪明的女性前台接待员。首先她记得穗积理沙拿出照片上的男性在七月十号入住过饭店。其次因为玫瑰花味道的香水，推断出了他和其他女客人之间发生了冒险的一夜情。接着当她在十月三号再次见到那位女客人时，就推理出当时的男客人，也就是南原那天很可能也住在了这里。

"但是这些都不过是想象出来的，那位女士也说，如果把这些当作证词，她会很为难的。所以，我就在心里想应该怎么办呢……"

"所以你就想出了玫瑰花香味转移的主意是吗？"

穗积理沙说着对不起，再次低下头致歉。

新田绷着脸，用手抓了抓自己的后颈，说道："你真是说了一个危险的谎言。事件解决了倒是什么都好说，万一那位女接待员的推理是错误的，那可就闹出大麻烦了。"

"说得也是。啊，解决了真是太好了。"穗积理沙摸着自己的胸脯安慰着，还不住点着头。

"你这是什么反应，好像事不关己一样。那……叫什么名字？"

"欸？"

"我是说名字，那位前台接待员的。"

然后穗积理沙如临大敌般地猛摇头："这个可不能说。"

"为什么啊？"

"我跟她约定过，绝对不会说出她的名字的。这是女人之间的约定。"穗积理沙说着用手捂住了自己的嘴巴，"而且，她好像已经不在那间饭店工作了。昨天，我本想打个电话给她表示感谢的。可是听说她已经调走了。"

新田发出了啧啧声，说道："我还想见见她呢，看看那位聪明的前台接待员是何方神圣。"

"她可是个美女哦，希望以后你们能够有机会见面吧。"

新田瘪着嘴，把目光投向了远方。东京的上空已经开始被落日的余晖染红了。虽说手上的案件刚刚解决，新田却感觉到下一个案件正在酝酿着拉开帷幕。

番外篇

还有三十分钟就要过午夜十二点了。前来办理入住的客人终于渐渐少了起来。不过根据预约名单，接下来应该还有客人陆陆续续到达。今天晚上终于没有碰到烂醉如泥的客人，真是太好了，尚美一边看着自己的手表一边心里暗想道。

　　昨天凌晨两点多过来的那位男客人真是太过分了。他是和一位看似女招待的女性一起来的，可是他已经醉得无法自己走路了，一屁股坐在了前台前面。醉成这样，话也是说不清楚了。女招待一边大声问他，一边帮他填写了住宿登记表上的姓名和联系方式。看着面前的女招待只穿着轻薄的晚礼服，裹着一件大衣，尚美在心底觉得她很可怜。

　　回到东京柯尔特西亚，已经接近一个月了。果然和大阪的氛围有着微妙的差别。刚回来那几天，还有些不适应呢。其实尚美也说不出到底哪里不一样。如果非要说的话，那就是东京更让人觉得透不过气来吧。

　　正在尚美想得出神的时候，一位女性从正面大门走了进来。她大约三十五岁上下，穿着牛仔裤，上身是黑色针织衫配着同色的对开襟毛衣。最近一段时间一到夜里温度就会急剧下降，她这样穿不冷吗？虽然明知不关自己的事，尚美还是禁不住担心了起来。

女性径直走向了前台。尚美对着她行了一个礼，说道："欢迎光临！"

"有点事情想问一下，"女性开口道，"今天晚上有一位叫作松冈高志的客人应该住在这里，能告诉我他的房间号吗？"

"一位叫松冈的客人……是吗？"

"我知道你们不能轻易透露客人的房间号，"女性察觉到了尚美的警惕心，马上补充道，"但是请相信我，我是有特殊的原因的。"

"是什么样的特殊原因呢？方便告诉我吗？"

面对尚美的问题，女客人的脸上浮现出了害羞的笑容，点了点头说："实际上我刚刚从纽约回国，从成田机场直接就来了这里。"

"是这样啊。从纽约回来的……"尚美说着，不由自主地将女性客人上下打量了一番。

"行李已经让人送回家了。我来到这里的原因呢，是因为我的恋人今天晚上住在这里。我们是远距离恋爱，已经一年多没有见面了。我说的恋人就是松冈高志先生。"

"这样啊。那么对方一定也在翘首以待您的归来呢。"

但是女性摇了摇头说："不是这样的。我并没有告诉他我今天晚上回国。因为是临时决定的事情，本来想提前联系他，可是没联系上。但是我转念一想，不如好好利用一下这个机会。就是我突然出现在他的房间，给他一个大大的惊喜。因为今天还是他的生日。"

"啊，原来如此。"尚美重重地点了点头。

"就是这么回事，能把房间号告诉我吗？这样的机会，不会再有第二次了。拜托你了。"女性客人像在对神明祈祷希望，双手在胸前合十，眼神里流露出楚楚可怜的神情。

尚美心想，这可真是个麻烦事。从情感上很想帮助她，可是饭店有明确的规定。而且面前的这位女性身上，散发着一种莫名其妙的危险的气息。尚美用饭店工作者特有的嗅觉感觉到了这一点。

尚美在面前的屏幕上查询了一下，马上就查到了"松冈高志"这个名字。

"有了吗？"女性问道。

尚美歪着头摆出困惑的样子说："我这里的信息中没有查到呢。"

"应该不会的啊，你好好再查一下。"女性的声音中夹杂着焦躁不安。

"那位先生是用本名办理入住的吗？"

"应该是吧，他也没有理由使用化名。"

"我知道了。根据预约方式的不同，有时候我这里会查不到记录。我现在去后面查一查，您能稍等我一下吗？"

征得女性的同意后，尚美说了一声"先失陪了"，就走进了身后的门。进入办公室后，尚美马上拿起了内线电话的话筒，给松冈高志的房间拨了过去。

"你好。"听筒里传来了一个年轻男性的声音。

尚美简短地描述了事情的经过。虽说如果两个人真的是情侣关系，这么做会破坏掉女方的计划，但也是没有办法的事。

但是听了尚美对女性身材长相的描述后，松冈高志马上断言说那个女人都是胡说八道的。

"她说的都是谎话。绝对不要把我的房间号告诉她。别说房间号了，快帮我把她赶走吧。"

"那么我就说没有这样一位客人住在这里，可以吧？"

"嗯，就这么办吧。拜托了。"

尚美答应之后就挂掉了电话。做了一个深呼吸，然后离开了办公室。

"怎么样？找到了吧？"女性一看到尚美，就急不可待地问道。

"非常遗憾。我们饭店今晚没有一位叫作松冈高志的客人入住。"

女性紧紧地皱起了眉头。"不可能，别撒谎了，"女性的言辞忽然变得很无礼，"他肯定住在这里。我从本人那里听说的，绝对不会错，你再去好好查一下。"

"确实没有。"尚美语气肯定地回答道，"他确实曾经预约过我们饭店，但是又临时取消了预约。总之他今晚没有住在这里。"

女性咬着嘴唇，眼睛瞪着尚美。尚美深深地低下头表达了歉意。

"知道了，这样的话，我也不求你了。给我准备一个房间吧。"

"房间……吗？"

"没错，单人房也行双人房也行。我今晚要住在这里，给我准备房间吧。"女性用愤愤不平的态度说。

尚美心想，事情变得越来越麻烦了。她应该是想住下来，然后靠自己的力量把松冈高志找出来吧。目前饭店有空着的客房，对于饭店来说倒是好事。可是松冈刚才说希望把这位女性给赶走。目前的情况下，松冈是饭店的客人，可是女性还不是。如此一来，应该以谁的意志优先就不言而喻了。

"非常抱歉。今晚本饭店的客房全部住满了，无法为您提供房间。期待您下次光临。"尚美说着，再次低下了头。

女性猛地瞪大了眼睛，说道："这怎么可能？现在可是工作日的夜里呢，再怎么说一个房间还是有的吧。"

"非常抱歉。"

"我知道了，你们想抓我的痛处是吧。好吧，那么，套房或者豪华套房都行，钱的事情我会想办法。总之马上给我准备一个房间。"

这句话真的很能动摇人心。与其这么麻烦还不如给她一间豪华套房算了。对松冈高志那边，也可说已经让她回去了，可是她说要住下来，饭店也不能拒绝这样的借口。可是——

"真是非常抱歉，"尚美把头压得更低了，"今天晚上那些房间也都住满了，请您理解。"

女性沉默了。一直低着头的尚美看不到她脸上是什么表情。

"这样啊，"女性终于开口说道，语气冰冷得让人不寒而栗，"你，给松冈高志打过电话了吧。那家伙让你这么做的，是这样吧？"

尚美没有说话。因为无论怎么回答对方都不会满意。所以，只能一直低着头道歉。

"好吧，算了。"

砰的一声，女性敲打了一下前台的桌面，看样子应该是离开了。但尚美还是保持着道歉的姿势，没有抬起头。

"山岸前辈，已经走了哦。"传来了旁边的新手前台接待员的声音。

尚美直起了身子，确实，那位女性已经不见踪影了。

"那个人可真厉害呢。"后辈小声说道，他好像是在旁边目击了事情的整个经过，"他们两个人到底是什么关系呢？"

"嗯，大概也能想象出来吧。"尚美并没有说得太明白。

过了一会儿，前台的内线电话响了起来。确认了房间号后，尚美叹了一口气，拿起了听筒。

"您久等了。松冈先生，请问您有什么需要呢？"

"没有，我就是想问问刚才的事情怎么样了？"松冈的语气很客气。

尚美调整了一下呼吸，挤出了一个笑脸。

"刚才那位女性已经回去了。"

"啊，这样啊……她怎么样呢？"

尚美心想，真是麻烦的人。如果那么在意的话，刚才为什么不自己见面看看呢。

"她的要求我们没有满足，很气急败坏的样子。"

"她很生气吧？"

"嗯……是很生气。狠狠地教训了我们一通。"

"哦，她是我已经分手了的前女友。不过她好像还不能接受。"

"原来是这样。"

尚美早就想到不过就是这么回事。详细的情况自己也不想知道。恐怕过错不在女方。应该是男性以一个自私任性的理由强行中断了关系。如果不是这样的话他就没有必要逃避了。

"不好意思，给你们添麻烦了。"

"没有，您不用在意。请您好好休息吧。"

松冈道谢之后就挂断了电话。尚美随后也把听筒放了回去。

如果依着自己的内心，尚美肯定是站在那位女性的一边，可是作为一个饭店工作者，她又不能那么做。即使是再让人蔑视的人，只要他成为了饭店的客人，那么保护他们脸上戴着的假面不被揭开就是尚美等人的工作。

图书在版编目（ＣＩＰ）数据

假面前夜 ／（日）东野圭吾著 ；宋扬译． —— 海口 ：
南海出版公司，2024.6
ISBN 978－7－5735－0902－4

Ⅰ. ①假… Ⅱ. ①东… ②宋… Ⅲ. ①长篇小说－日
本－现代 Ⅳ. ①I313.45

中国国家版本馆CIP数据核字（2024）第085609号

假面前夜

〔日〕东野圭吾 著

宋扬 译

出　　版　南海出版公司　（0898)66568511
　　　　　海口市海秀中路51号星华大厦五楼　邮编 570206
发　　行　新经典发行有限公司
　　　　　电话(010)68423599　邮箱 editor@readinglife.com
经　　销　新华书店

责任编辑　倪莎莎
特邀编辑　张一帆　陈梓莹
营销编辑　张丁文　刘治禹
装帧设计　李照祥
内文制作　王春雪

印　　刷　北京盛通印刷股份有限公司
开　　本　850毫米×1168毫米　1/32
印　　张　8
字　　数　193千
版　　次　2024年6月第1版
印　　次　2024年10月第2次印刷
书　　号　ISBN 978－7－5735－0902－4
定　　价　59.00元

著作权合同登记号　图字：30—2024—095